文春文庫

やさしい訴え

小川洋子

文藝春秋

目次

やさしい訴え　5
解説　青柳いづみこ　281

やさしい訴え

I

山の別荘に着いた時、あたりはもう暗くなっていた。

「戸口まで送りましょうか。荷物も多そうだし」

タクシーの運転手は親切にもそう言って、ダッシュボードの中から懐中電灯を取り出そうとした。

「いいえ、大丈夫です。慣れた道ですから」

わたしはハンドバッグを脇にはさみ、両手に旅行鞄を提げ、もたもたとタクシーを降りた。

「じゃあ、車を方向転換してヘッドライトで照らしてあげますよ」

空には満月が出ていたし、県道沿いのペンション〝グラスホッパー〟にはまだ明かりがついていたから、さほど真っ暗というわけではなかったが、運転手は素早くハンドルを切り、ライトを林の方へ向けてくれた。

「どうも、ありがとう」

県道から林の小道へ入ると、急に静けさが深みを増し、下草を踏む自分の足音が耳に届いてきた。風はなく、カラマツの枝はみなしんと闇に溶け込んでいた。途中で振り返ると車の姿はもう木々の間に隠れて見えず、ただ光だけが奥へと続いてゆく小道を照らしていた。

慣れていると言ったけれど、本当はここへ来るのは八年ぶりだった。あの時は夫と一緒に短い夏の休暇を過ごしたのだ。その前の年は冬にも来て、年を越した。途中で姉の家族が合流し、夫が甥っ子にスキーを教えた。父が最後に訪れたのは、確かわたしが結婚して間もない頃だった。肺癌が進んですっかり痩せ衰えていたが、まだ県道から別荘まで一人で歩くことができた。

さらにもっと昔、子供時代には夏休みをここで過ごすのが習慣だった。毎日姉と二人で昆虫採集をし、川で水遊びをし、午後はテラスで世界子供文学全集を読むか、母に刺繍を教えてもらうかした。

当然のことながら父は若くてたくましく、どんなに高い木にもよじ登って巣箱を取りつけることができたし、滝壺の中の渦へもやすやすと潜ることができた。

わたしは今でも水に濡れた父の胸を思い出す。それは日光を浴びてキラキラと光っていた。腫瘍に侵され貧弱に朽ちてゆくきざしなど、どこにも見えなかった。世の中がどんなに変っても、別荘での日々は永遠に続いてゆくのだろうと、わたしは思い込んでいた。そんな無邪気な錯覚を抱かせるほどの、安らぎをたたえた胸だった。

鞄は二つともふくれ上がり、片方のファスナーからは洋服の端がのぞいて見えていた。それは夫の病院の開業記念パーティー用にあつらえたワンピースだった。どうしてそんなものを持ってきたのだろう。山奥の別荘へ家出するのに、シルクのドレスを詰め込むなんて愚かすぎる。わたしは自分で自分がおかしくなり、声を出さずにくすっと笑った。笑いながら急に心細くなった。鞄が手に食い込み、しくしく痛んだ。荷物はあまりにも重すぎ、真っすぐ歩くことさえできなかった。あたりには、ただ暗い林が広がっているだけだった。

やがて道はゆるやかな坂となり、右へカーブしはじめる。その曲がりの外側に、レンガの煙突と、水色のペンキで塗られたテラスを持つ、昔のままの家が見えてきた。ああ、よかったと、わたしは正直に安堵した。東京を出る時から、あそこにはもう別荘などないのではないか、建物だけでなく記憶の中の風景すべてが、手の届かない場所へ遠のいてしまったのではないかという、理由のない不安がつきまとっていたのだ。もしかしたらわたしは、家出にともなうごくありふれた卑小な心配事——例えば、来週の日曜日にある町内の溝掃除はどうしたらいいのか、車も運転できないのにどうやって買い出しに行くのか、お金がなくなったらどうするつもりなのか……等など——を、もっと漠然としてつかみどころのない種類のものに、すり替えようとしていただけかもしれない。

でも風景はどこにも消え去ってなどいなかった。忠実な記憶の番人のように、わたしを待っていてくれた。

鍵を回し、扉を押し開き、ロビーに荷物を置いてから、運転手への合図のつもりで門柱の電灯を点滅させた。それが届いたのかどうか、しばらくすると遠くでクラクションが鳴り、光が林の向こうへ遠ざかってゆくのが見えた。

「あれ、なんていう曲なのかしら」

ボウルの中に落とした卵をかき混ぜながら、わたしはつぶやいた。

「さあ……」

夫は新聞をめくった。

別に、あなたに尋ねたわけじゃないの。ただの独り言なの。今度は言葉に出さず、胸の中だけでつぶやく。それから、フライパンを火にかけ、もう一度念入りに卵を混ぜる。

「ただ指使いを鍛えるためだけの、練習曲じゃないと思うの」

日曜の朝遅い時間で、陽はすでに高くなっていた。目が覚めた時からずっと、バイオリンの音が聞こえていた。十歳になる隣の坊やが弾いているのだ。二週間ほど前、コンクールが近いので夜十時まで練習させたいのだが、迷惑を掛けますと言って、わざわざお母さんがあいさつに来た。

毎日、彼は同じその曲ばかりを弾いた。いつのまにかわたしまでメロディーを全部覚えてしまい、彼がどのあたりでよく失敗するかも分るようになった。そして約束通り十時になると、ぴたりと止んだ。

「きっと何か、題名があるはずよ」

わたしはマッシュルームとつぶしたトマトとチーズをボウルに入れた。それらは卵と混ざりあってすぐにぐったりとなった。

「どうしてそんなことが分る？」

新聞から顔を上げないまま、夫は言った。

「どんな曲にだって、題名はあるわ。組曲第1番だって、コンチェルト第2番だって、立派な題名よ」

フライパンに卵を流し込むと、油のはねる音がしてわたしの声を半分かき消した。しばらく二人とも黙っていた。こういう沈黙には慣れているはずだったが、それでもせめてバイオリンが鳴り続けていてくれることは、小さな救いだった。

十歳の子供が弾くにしては、短調の寂しげな曲だった。物思いに沈むような旋律ではじまり、それが少しずつ変形しながら展開してゆく。クライマックスで大きなうねりが訪れるが、音の一つ一つはどこに弾《はじ》け飛ぶこともなく、ただ鼓膜の上に積み重なってゆくだけだ。

そういう印象を受けるのは、曲の性質というより、あまり上手とはいえない彼の技術のせいかもしれない。音色は濁っていたし、たいてい山場に入る直前の、調子が変る最後の音をはずした。

「どこか、東欧の匂いがする。ブダペストとか、ソフィアとか」

卵は泡を吹いて煮えていた。わたしはフライパンの柄を両手で握り、チーズが溶けてゆくさまを眺めた。

「そんなところ、行ったこともないくせに」

夫は最後までめくった新聞を、きちんとそろえ直した。その口調には似つかわしくない、ひどく丁寧な手つきだった。

「東欧の田舎の村で、茶色い目をした美少年が、夕暮れ時に一人で口ずさむような曲。まわりにはポピーが咲いていて、丘の上には崩れかけた城壁と、教会の塔が見えるの」

「美しい想像だ」

「きっと題名も美しいに違いないわ」

「さあ、どうだか……」

わたしはフライ返しで卵をオムレツ形に整えた。まだ固まっていない卵が漏れ出して、いくつか筋を作った。

「昔どこかで耳にしたことがある曲にも思えるわ」

「こう毎日毎日聞かされたんじゃ、そんな気分にもなるさ」

「昼間一人でじっとしていると、知るはずもない題名が、もう少しのところで思い出せそうな気分に陥るの」

「僕はただ、オムレツが食べたいだけだ」

　えっ、とわたしは聞き返した。

「オムレツだ」

　下品な言葉を口にするように夫は言った。

「今、作ってるわ」

「隣の子が弾いてる下手くそなバイオリンなんて、どうでもいいんだ」

「コンクールがあるのよ。だから練習してるの」

「あの、ギシギシした音で、コンクールに出るのか？」

「坊やが悪いんじゃないわ」

「ああ。誰が悪いんでもない。だけど僕は何も特別なことなど要求してない。静かに、心安らかに、オムレツが食べたいだけなんだ」

「題名を教えて」

「……」

　その時不意にバイオリンが途切れた。まさか夫の声が聞こえたのだろうか。それともただ、休憩しているだけだろうか。

「東欧だろうがポピーだろうが、僕には関係ない」

　ことさらに椅子をがたがたさせながら夫は立ち上がり、テレビの上にあるキーホルダーや財布やライターをポケットに押し込むと、そのまま車で出て行った。女のところへ行ったのだ。

フライパンの隅で卵は焦げて固くなっていた。わたしはガスを消し、それを流しに捨てた。

いずれにしても、夫は今日彼女と会うつもりでいたのだろう。別に、バイオリンのせいじゃない。

また、練習が始まった。静かな出だし、小さな間合い、アクセントのついたリズム……。とても順調だった。このままクライマックスを迎えれば、最後まで完璧に弾き通せそうだった。なのにやっぱり、彼はいつものところで失敗した。

夫が外出したあと、わたしは家出の支度をはじめた。押入の奥から一番大きな旅行鞄を二つ取り出し、片方には目についた洋服を全部押し込め、もう片方には今やりかけの仕事に必要な道具――ペンのセットや、インクや、紙や、定規――を詰めた。それから少し考えて、一通りの薬と、クレジットカードと、ホットカーラーを加えた。

次に仕事の依頼主にファックスを入れ、当分の間連絡先が変更になることを伝え、時刻表で東北新幹線の時間を調べ、最後にペンションへ電話をかけた。〝グラスホッパー〟は昔〝あさひや〟という名の民宿で、父が別荘を建てた時からずっと管理を頼んでいた。今日わたし一人で別荘に行くことになった。急な話で悪いのだけれど、準備しておいてもらえないだろうか。

手短に用件を説明すると、電話に出た奥さんはとても懐かしがってくれ、余計な質問は何もしなかった。それでも一応わたしは、大事な注文が入ったので、集中して仕事がしたいからなのだという言い訳を付け足した。

思っていたよりもずっとスムーズに事は運んだ。まるで以前からきちんと計画を立てていたかのようだった。

夫に好きな人がいると気づいたのは三年前で、それ以前からわたしたちの関係はおかしくなっていた。どちらかが別居を提案したこともあったし、離婚を口にしたこともあった。十二年の結婚生活から引算をすると、もめ事のなかった期間はほんの少ししか残らない。しかし、夫が独立して都心のビルに眼科医院を開業したり、父が死んだり、わたしがカリグラファーとして仕事をはじめたり、そうした様々な身辺の変化に紛れ、結局ずるずると中途半端な状態が続いていた。

女がどういう素性なのか、詳しくは分らない。夫が大学病院に勤めていた頃知り合った視能訓練士らしいが、会ったことはない。夫は二つの家を行ったり来たりしている。

もちろん、わたしはこの状態に満足だったのではなく、どうにかしたいと願い続けていたのだが、だからといって彼に内緒でこっそり姿を隠すようなやり方が、一番適切だと考えていたわけでもない。おそらく彼は腹を立てるだろうし、事態はもっとややこしくなるだろう。けれどわたしはこれ以上、何もしないでいることに耐えられなくなったのだ。

バイオリンが大切な一音を外し、ざらりとした感触の余韻が響いてきた時、ふと山の別荘が心に浮かんだ。何年も足を運んでいない、広いけれど質素な別荘の様子が、こまかいところまで鮮明に思い出されてきた。あそこならわたしを受け入れてくれるだろう。わたしを大事にしてくれるだろう。

一行の手紙も書かず、汚れたフライパンも洗わず、半分に切ったトマトもまな板の上に残したまま、わたしは出発した。

2

昔と変っていないと思ったのは着いたのが夜だったからで、次の朝ゆっくり観察してみれば、やはり八年の歳月がもたらす変化はいろいろなところに現われていた。〝グラスホッパー〟の奥さんのおかげで窓ガラスや床はきれいに磨かれ、ベッドは清潔に乾燥し、水道管や暖炉の手入れも申し分なかったが、避けようもない時間の澱《おり》があたりを漂っていた。

リビングのソファーは記憶にある通りの配置で並んでいたが、くすんでごわついた革の感じから、長年人間の身体と触れ合っていない様子がうかがえた。

世界子供文学全集を並べていた本箱は、いつのまにか空になり、変色した料理の本だけが二冊残っていた。一冊は『毎日のおかず』、もう一冊は『お菓子十二ヵ月』だった。お菓子の方の表紙には、バターのしみと小麦粉の固まりがついていた。

壁に飾ってあった数枚の絵画もすべて姿を消していた。歳をとってここへ来るのが億劫《おっくう》になった母が、自宅に持ち帰ったのだろう。壁紙には陽に焼けていない白い四角い模様が、ぽつぽつと残っていた。

ステレオの上に掛かっていた静物画のことはよく覚えている。ガラスのコンポートと、三羽の山鳩と、とうもろこしが描いてあった。山鳩は今撃ち落とされたばかりという雰囲気で、仲良く並んで横たわり、羽根を血で汚していた。

朝、わたしは一番にテラスに出てみた。ほかに何もすべきことが思いつかなかった。どこを探しても食料らしいものは見つからず、お茶を飲むことさえできなかった。

テラスは露に濡れ、木々の間から差し込んでくる朝日に照らされていた。水色のペンキは半分はげかけ、手すりの添え木が何本かはずれて庭へ落ちていた。

わたしは西の端から順番に、床の板を数えながら踏んでいった。一枚だけ子猫が悲鳴を上げるような音をだす板があるのだ。姉によくおどされた。それを踏んだら夜化け猫の夢を見るわよ、と。

一枚、二枚、三枚、四枚……。やっぱり鳴いた。それはわたしの足の下で、嘆きに満ちた、哀れな声を漏らした。

昼前になって〝グラスホッパー〟の奥さんが、あらかじめ頼んでおいた食べ物や日用品を持って来てくれた。

「ご迷惑をおかけして申し訳ありません」

わたしたちはテラスのベンチに腰掛けた。

「いいえ。ちょうどゴールデンウィークが終わって、一息ついたところなんです。それにどうせうちは毎日買い出しに行くんだから、これくらいのことは何でもありませんよ」

　奥さんは少しも歳を取っていなかった。昔と同じでやはり、わたしが知っている女の人の中で一番太っていた。指先、耳の裏、くるぶしの下、あごのくぼみ、とにかく身体中のあらゆる部分にたっぷりと肉がついていた。思わず触ってみたくなるような、白くて柔らかい肉だった。いつもその身体をゆらゆらと揺らすように動き、おっとりとした口調で喋った。

「急なことでしたのに、きれいにお掃除もしていただいて」

「ゆうべはゆっくりお休みになれましたか」

「ええ。考えてみれば、一人でここへ泊まるのは初めてでした」

「うちがまだ民宿だった頃は、にぎやかでしたねえ。お姉さんも瑠璃子さんも、まだこんなにちいちゃくて……」

　奥さんは小首をかしげて手のひらを下に向けた。

「お母さまはお元気でいらっしゃいますか」

「リュウマチがひどくなりまして、今は姉の家族と同居しております。父が死んでから急に弱りました」

「もう、何年になりますかしら……」

「十年です。あっという間ですね。まるでこの世に時間なんてないみたいに……」

「はい、まったく」

　空の高いところを雲が流れていた。黙っていると、葉のこすれる音や、鳥のさえずりや、風の通り抜ける気配や、さまざまな音が聞こえてきたが、それらが混ざり合うとなぜか、深い静けさになるのだった。

「でも、このあたりは変りませんね。ほとんど新しい別荘は建っていないようだし」

「開発していた不動産会社が倒産したんですよ。だけど、目に見えないところではいろいろ変りました。うちで飼っていた猫と山羊が死にました。近所の人も、何人か死にました。それだけは、どうしようもありません」

「そうですか。山羊は死にましたか……」

　わたしが時々、乳しぼりを手伝わせてもらった山羊だった。

「かわりに今では孔雀を飼っているんですの」

「くじゃく……ですか？」

「はい。こうして羽根を広げる、あの孔雀です。いつでも見にいらして下さい。私が合図すると羽根を広げるんです。本当ですよ。訓練したんですから。それじゃあ、何か用事がある時は、ご遠慮なくいつでも言って下さい」

　奥さんは大きなお腹を何度もテーブルの端にぶつけながら立ち上がった。わたしが買物のお金を有り合わせの紙で包んで渡すと、両手で捧げ持つようにしてお辞儀をした。柔らかい肉のせいかどうか、彼女のどんなささいな仕草も、心がこもっているように見える。

「今度からはわたしがペンションまで取りに行きます」

「いいえ、いいえ。これくらい歩かないと。なにせこれ以上太ったら、トイレのドアが通り抜けられなくなりそうなんです」

「まあ、そうですか。とにかくどうも、ありがとうございました」

「はい、さようなら」

奥さんは手を振って小道を歩いていった。頭の後ろで丸めた白髪に、木の葉が一枚引っ掛かっていた。

何事もなく、数日が過ぎた。本当に何も起こらなかった。どこへも出掛けなかったし、誰とも喋らなかった。

昼間は本箱に二冊しかない料理の本をめくったり、テラスで長い時間をかけて一杯のお茶を飲んだり、ラジオを聴いたりして過ごした。

それでもまだたっぷりと時間は残り、あとは仕方なく、押入の下に敷いてある黄ばんだ新聞を読んだ。そこには複雑で不可思議な事件が詰まっていた。パイロットの制服を着て結婚詐欺をはたらいていた初老の男が捕まり、披露宴の伊勢海老で招待客がコレラに感染し、ライオンと豹の間に子供が生まれ、別れ話を持ち出された女が千枚通しで男をめった刺しにして殺した。わたしはそんな記事を、どこか遠い国のお伽話のように読んだ。

晴天が続き、毎日同じ色をした空が広がった。近所の別荘はみな雨戸を下ろしたままだった。時々、前の小道を歩いてゆく地元の人らしい姿を見かけたが、わたしに気を止める人はいなかった。

夜になると窓を閉め、ドアに鍵を掛け、二階の洋間にこもって仕事をした。あまりの静けさに耳が圧倒され、疲労してくると、ベッドにもぐり込んだ。

たいていはうまく眠ることができなかった。目をつぶると、深い闇の奥に吸い込まれてゆくような気がした。どこにも手がかりはなく、温もりもなかった。

夫の帰ってこない夜を、わたしはいくつも一人で過ごしてきた。そんな時わたしが求めたのは夫だった。夫さえ帰ってくればすべてが解決するとでもいうかのように、ただひたすら祈っていた。

しかし林に訪れるのは、違う種類の闇だった。胸の中を冷たくひたひたと満たし、わたしを身動きできなくした。たとえ夫でもその不安をしずめることはできないだろうと分っていた。もっと侵しがたく、圧倒的だった。深海の底で、一人光からはぐれてしまったような気分だった。

わたしが求めたのは夫ではなかった。わたしだけを照らしてくれる、柔らかな一筋の光だった。そのことにはじめて気づいた。

夫からの連絡はなかった。電話はコトリとも音をたてず、じっとうずくまったままだった。

一人の食事は、あっけないくらい簡単にすんでしまった。どんなに丁寧に作っても、時計の針を速く動かすことはできなかった。レタスを洗い、アスパラガスをゆで、人参を刻んでサラダを作った。毎食レタスばかり食べているのに、それはちぎってもちぎっても、小さくならなかった。そして缶詰のコーンスープをあたため、フランスパンを一切れ皿にのせる。それで終わりだった。汚れた小さな鍋と、人参の皮だけが流しに残った。

夫の帰りを待つ間、彼のために作った料理をよくぼんやり眺めていた。材料を遠くの市場まで買いに行き、午後中かかって作った何皿もの料理だった。ソースが冷たくなり、野菜がぐったりし、肉がぱさぱさになってゆくさまを観察した。いつしか、衰えてゆくのが料理なのか、自分の心なのか、区別がつかなくなった。

次の朝、ゆうべの通りそのままになっている食卓を目のあたりにする瞬間が、一番残酷だった。わたしは料理を全部ポリバケツに捨てた。夫が女と夜を過ごしたために残ってしまったものを、自分が食べる気にはとてもなれなかった。

コーンスープを口に運びながら、知らず知らずのうちに電話を眺めていた。夫はわたしがいなくなったことに、いつ頃気がついただろう。心当たりに連絡を取ったりしただろうか。心当たりといっても数は知れている。実家と、二、三人の友人くらいなものだ。別荘を思い浮かべるだけの想像力が彼にあるかどうか、わたしには分らない。想像することさえ拒んでいるかもしれない。

スープ皿はすぐに空になった。ふと、自分が彼からの電話を待っているかのような錯覚に陥った。そんな自分をわたしは許さなかった。

五日めの夜、お風呂に入っていると急に雨が降りだした。屋根を叩く音が聞こえたかと思うと、それは徐々に大きくなってゆき、数分もしないうちにすさまじい激しさになった。

わたしは湯ぶねにつかり、窓にしぶきが当たるのを見上げていた。ガラスの向こうは真っ暗だった。雨は一かたまりのうねりになって押し寄せてきた。家や林や空が、ビリビリと破裂してしまいそうだった。

外がうるさい分余計に浴室は静かだった。少し根をつめすぎたせいか、右腕が重くしびれていた。最近、仕事の疲れが残りやすくなっていた。ペンを握る右手の中指は、たこができ変形していた。夫はこの指を気味悪がった。今にも固いふくらみが裂け、中から毛虫がはい出してきそうだ、と言った。

だから彼の前では、できるだけ自分の手を目立たせないようにしていた。指輪やブレスレットはつけなかった。マニキュアも塗らなかった。そうしてだんだん、わたしの身体は彼にとって、意味のないものになっていった。中指だけじゃなく、耳たぶも首も背中も乳房も。

やがて雷が鳴りはじめ、何度も稲光が走った。小さな曇った窓にも、光の跡が映った。裸でいると余計怖い気がして、湯ぶねから立ち上がろうとした瞬間、停電になった。

仕方なく、わたしはもう一度しゃがんだ。一面闇だった。浴槽の縁にもたれ、雷が鳴った時だけ一瞬照らされる、自分の身体に視線を落とした。

どれくらい時間がすぎただろうか。いっこうに明かりがつく気配はなかったし、雷雨の激しさも変らなかった。

ふと、人の声が聞こえた気がした。それは最初、うねりのすきまに忍びこんできた、虫の羽音のように微かなものだった。空耳だと思い気にしないでいると、次第に無視できない大きさになっていった。

「ごめんください」

確かにそう聞こえた。女性の声だった。

「ごめんください」

今度は一緒に玄関の扉を叩く音もした。その時また一段と大きな雷が鳴った。

約束もなしに、しかもこんな天候のなか、わたしを訪ねてくる人などいるはずがなかった。なのに少しも気味が悪くなかったのは、彼女の口調が慎み深かったからだ。

「日野さん。日野瑠璃子さん。いらっしゃいませんか」

わたしは手探りでバスローブをはおり、あちこちにぶつかりながら玄関までたどり着いた。

「申し訳ありません。突然に、お騒がせしまして」

その人はまるで、自分のせいでこんなひどい雷雨になったとでも言うかのように、合羽のフードを眉毛の下までかぶったまま頭を下げた。

「〝グラスホッパー〟の奥さんから、ろうそくとマッチをお届けするよう頼まれたんです。ペンションより、うちからの方がずっと近いですから」

彼女は持っていた懐中電灯を靴箱の上に置くと、合羽の上着をたくし上げ、ジーパンのポケットを探った。濡れないようにビニールにくるんだ、ろうそくの箱とマッチが出てきた。

「まあ、わざわざ、嵐の中を？」

「非常用の明かりがきれてたはずだって、奥さんが心配していらっしゃいました。この様子だと停電は長引きそうです」

合羽から流れ落ちるしずくで、玄関にはすぐ水たまりができた。彼女はフードを脱いだ。懐中電灯の光に横顔が照らされていた。色白で細面の若い女性だった。飾り気のないショートヘアで、一切お化粧はしていなかったが、目元はくっきりとし、唇は潤んで赤みがかって見えた。左の頰骨の下にほくろがあった。顔もしずくで濡れていた。

「とにかく上がって下さい。ここではゆっくりお礼も申し上げられないわ」

「いいえ。すぐ失礼させていただきます。用事はこれだけですから」

わたしはろうそくとマッチを受け取った。

「こんな大雨の夜に外を出歩くなんて危ないわ。おさまるまで待った方がいいと思うの。雷が落ちたりしたら大変」

「大丈夫です。このあたりには落ちません。近くの貯水場に避雷針があるんです」

彼女ははにかんだふうに微笑みを浮かべながら、伏し目がちに喋った。控えめで礼儀正しい態度だったが、緊張した様子ではなく、むしろわだかまりのない無防備な雰囲気さえ感じさせた。

「それに、すぐそこから来たんです。ほんのすぐそこです」

左手で彼女は北の方を指差した。身体のどこかを動かすたび、またパラパラと水滴が落ちた。合羽は明らかに男物で、だぶだぶしており、そのために余計彼女を華奢に見せていた。

「林のもっと奥ですか？」

「はい。小道の突き当たりです。裏に川が流れていて、すぐ急な斜面が続いている、あそこです」

その家なら知っている。小豆色をした屋根の家だ。前庭に畑があって、キャベツやジャガイモを作っていた。子供の頃、よく庭を横切らせてもらって川で魚捕りをしたし、足りなくなった調味料を母が借りに行ったこともある。子供のいない老夫婦が住んでいたが、彼らとはどういう関係になるのだろう。

「それじゃあ、失礼します」

彼女は再びフードで顔を隠し、素早く扉を開いた。

「ありがとうございました。真っ暗闇で本当に困っていたの」

あわててわたしはお礼を言った。

「お一人で心細い時は、いつでも遊びにいらして下さい。当分はここにいらっしゃるんですよね」

念を押すような言い方をして、それから彼女は雷雨の中を走っていった。

「どうぞ、お気をつけて」

わたしが叫ぶと、後ろを向けたまま手を振った。あとには、水たまりだけが残った。


次の朝、すべてはおさまっていた。明るい陽差しが戻っていた。あたり一面まだ湿ってはいたが、林は何事もなかったかのようにいつもと同じ姿をしていた。

わたしは〝グラスホッパー〟へ電話し、昨夜のお礼を言うとともに、ちょうど買い出しを頼む日になっていたので、小麦粉とベーキングパウダーとバニラエッセンスを、買物リストに付け加えてもらった。

奥さんの話によると、小豆色の屋根の家に住んでいた老夫婦はとうに亡くなり、長く空き家になっていたのを、五、六年前に東京から来た新田さんという人が買った。その新田さんは楽器を作る職人で、ゆうべろうそくを届けてくれたのは、助手の女性だということらしい。

「楽器ですか？」

「はい。何という楽器でしたかねえ……、何度聞いても忘れるもんですから……」

奥さんは電話口でしばらく考え込んでいたが、結局思い出せなかった。

午後、頼んでいた物が届いた後、わたしは台所の戸棚にしまいこんであったオーブンを取り出し、クッキーを焼いた。おそろしく旧式のオーブンで、何年も使っておらず、きちんと作動するかどうか心配だったが、どうにか目盛りで合わせた通り百八十度まで熱くなった。本箱に残っていた『お菓子十二ヵ月』が役に立った。そのクッキーを持って、わたしは楽器職人の家へ向かった。

小道を突き当たると、不意に視界が開けて扇形の空間が広がる。昔畑だったところは空き地になり、物置らしいプレハブがある。その奥、小道をやってきた人たちに半分背中を向ける位置に、家は建っている。

近づいてゆくと、川のせせらぎが聞こえてきた。開け放たれた窓から、装飾を施された家具の脚のようなものが見えた。

「遊びにいらして下さったんですか？」

無邪気な声がして、彼女が飛び出してきた。太陽の下で見ると彼女の肌はますます白く、一点の濁りもないようだった。あの時湿っていた髪はさらさらに乾き、きれいな形をした耳がのぞいていた。

「ゆうべはどうもありがとうございました。おかげで助かりました」

わたしはクッキーを渡した。彼女はそれを両手にのせ、顔に近づけ、まあ、いい匂いと言った。

「どうぞ、お入り下さい。ちょうど、お茶の時間にしようと思っていたところなんです」

「お仕事の邪魔にならないかしら」

「とんでもない。どうぞ」

彼女は大きく扉を開き、わたしを招き入れた。

そこはわたしが今までに出会ったどんな種類の部屋とも違っていた。十六畳くらいの板張りで、天井にも床にもくすんだしみが点々とし、柱は傷だらけで、窓のサッシには所々錆《さび》が浮いていたが、みすぼらしい感じはなかった。むしろそういう古さが、家全体に落ち着きを与えていた。

北側の壁に作り付けの棚には、ガラス製品がきちんと並べて飾られていた。小皿、キャンディー入れ、香水瓶、薬瓶、ワイングラス、リキュールグラス。ブルー、ピンク、オレンジ、乳白色。さまざまな種類があった。

どこからか犬が一匹やってきて、わたしの足に顔を押しつけてきた。焦茶色《こげちゃ》のパグだった。

「ごめんなさい。おとなしい犬で噛んだりはしないんですけど、もう年寄で目も見えないし耳も聞こえないものですから、お客さんが来るとそうやって誰だか確かめるんです。

さあドナ、あっちに行ってなさい」

彼女が背中を叩くと、犬はげっぷのような声をもらした。

キャビネットの上にはファックス付きの電話、手紙の束、メモ用紙などが置かれ、部屋の中央には楕円形のテーブルとデザインのふぞろいな椅子が四脚、その後ろにはオーディオセットがあった。

そのほか、スキー板が二組立て掛けてあったり、工具箱が積み重ねてあったり、古い革のトランクが無造作に投げ出されていたり、ランプがぶら下がっていたりした。

そして残りの空間はすべて、楽器と、それにまつわるものたちで埋められていた。壁に掛けられた長さの違う木製の笛、厚みのない素朴な形のバイオリン、足踏みオルガン、トライアングル、ホルン、アコーディオン、譜面台、楽譜、メトロノーム。

しかし何より目を引いたのは、小型のグランドピアノのような形をした楽器だった。扉の左手と、南の窓際と、部屋の一番奥、全部で三台あった。窓際の一つに、わたしは手をのばした。

「チェンバロです」

男が言った。

「チェンバロ……」

男が発音した通りに、わたしは繰り返した。とても美しい響きの言葉に聞こえた。

「ご存じでしたか？」

「いいえ。生まれて初めて見ました」

正直にわたしは答えた。

「薫さん、今日は紅茶にしましょうか。新しい缶を開けて下さい」

「はい」

薫さんと呼ばれた彼女は奥の台所からティーセットを運んでくると、少し背伸びをして壁の棚にある切り子の皿を一枚取り出し、クッキーを並べた。

「チェンバロを作っていらっしゃるのですか」

「ええ」

新田氏はうなずいた。

「こんなきれいな楽器だったんですね。外から脚だけが見えた時、骨董家具かと思いました」

「十六世紀から十八世紀にかけて栄えた楽器ですからね」

新田氏はしなやかな身体つきで背が高く、ウエーブのかかった長めの髪を後ろに流していた。四十代の半ばに見えた。時折あごに手をやりながら、低い声で喋った。

薫さんは三つのカップに紅茶を注いだ。新田氏がそれをわたしの前へ運び、シュガーポットの蓋を取った。二人とも長い指をしていた。表情豊かで、関節に強固さを感じさせる指だった。それが楽器製作者にふさわしい、指の形なのかもしれない。

会話はたいして弾まなかったが、居心地のいいひとときだった。三人が同じくらいずつ喋った。沈黙が続くと、たいてい薫さんが新しい話題を提供するか、紅茶を注ぎ足すか、クッキーの味をほめるかして会話をつないだ。

ドナは最初のうち落ち着きなくテーブルの下を出たり入ったりしていたが、なぜかわたしの足元が気に入ったらしく、甲の上にあごをのせてうずくまった。まぶたから半分飛び出した大きな眼球は、ヨーグルトに水色の絵の具を混ぜたような、明らかに病んではいるが美しい色合いをしていた。

わたしがクッキーをやると、鼻のまわりを粉だらけにし、歯をカチカチと鳴らしながら、無表情に食べた。食べおわるとまた甲を枕にしてうたた寝をした。口の横からだらしなく舌がはみ出していた。

ポットの紅茶が全部なくなる頃には、二人のことがいくらか分るようになってきた。新田氏は音楽大学でピアノを専攻していたが、プロの演奏家の道は断念し、十七年ほど前にベルギーへ渡った。そこでチェンバロ製作の技術を勉強したあと、東京の郊外に工房を構えた。しかし土地を貸してくれていた人の都合で立ち退かなければならなくなり、材料の入手に便利で気候も楽器により適切なこの地へ引っ越して来た。

薫さんは長崎の出身で、牧師の娘さんだった。もともとバロック音楽のファンだったが、教会で古楽器のコンサートが開かれた時、新田氏のチェンバロと出会い、製作者を目指してはるばるここまでやって来た。近くの温泉旅館に下宿し、ほとんど休みもなく新田氏の元へ通い勉強している。まだ一年足らずで、補助的な仕事しかやらせてもらえないらしい。

「楽器を作った人について、思いを巡らせたことなんて今までありませんでした」

わたしは言った。

「熱心なクラシックの愛好家じゃありませんが、それでもたまに演奏会に行ったり、楽器店の前を通りかかったりした時、人の手で作られたものというより、自然に地上に発生したもののように感じていました」

「楽器というのはどれも自然な形をしているんです。地上から生まれる音を再現するにふさわしい形なんです」

新田氏が言った。わたしはふと、隣の子が弾くバイオリンを思い出した。彼は今もあの曲を練習しているだろうか。そして夫はそれを聞き続けているのだろうか。

「瑠璃子さんはどんなお仕事をなさっているんですか」

薫さんが尋ねた。彼女はやはりノーメイクで、何一つアクセサリーを身につけていなかった。時折ドナの背中を押し、わたしから離れさせようとしたが、どうやっても彼は足にのせた頭を動かそうとしなかった。

「つまり、アルファベットを手書きするのが仕事なんです。美しくデザインされた文字を、印刷じゃなく、一字一字手で書いてゆくんです」

新田氏はうなずき、こちらにまっすぐ視線を向けて次の説明を待っていた。

「西洋の書道というか、写本というか、そんなものです。例えば、レストランのメニューをデザインしたり、クリスマスカードや結婚式の招待状を書いたり、マザーグースの愛蔵版を作ったりします。福音書を写本したこともありました」

薫さんが、まあ、と声を上げた。牧師の娘さんだから、彼女も興味を持ったのだろう。

「それはわたしにとっても格別な仕事でした。今では鉄製のペンと紙を使うのが普通ですが、福音書の注文主は中世のスタイル通り、羊皮紙と羽根ペンを使うように指定してきたんです。修道院にこもったつもりで、根をつめてやりました。でも、全然、もうからない仕事なんです」

「じゃあ、僕たちと同じだ」

二人は視線を合わせて笑った。

最初は気づかなかったが、天井に小さな明かり取りの窓があり、ステンドグラスがはめ込んであった。いつのまにか太陽の向きが変り、赤やブルーや黄色に染まった光がテーブルの上に射していた。

扉の近くにあるチェンバロは全体的に黒っぽい色合いで、鍵盤が二段あった。薫さんの後ろにあるのは、白地に金色の模様が巡らされ、蓋の内側にはどこか外国の田舎の風景──湖と茂みと石造りの建物──が描かれていた。鍵盤は一段しかなかった。もう一つ窓際のは、まだ完成していないらしく、蓋はついていなかったし、塗装もされていなかった。ただ弦を張る箱の内側、響板には上品でかわいらしい小鳥と草花の絵が一面に広がっていた。

「ピアノに似ていますね」

「でも、仕組みは違うんです。ピアノはハンマーで弦を叩きますが、チェンバロは爪で弾《はじ》きます」

新田氏が答えた。

「だから、ピアノより音量は小さいですし、音の強弱をつけることもできないんです」

薫さんが付け加えた。

「作業はここでなさるんですか」

「いいえ。林の中に作業場があって、おもにそこで。ただ、木を削ったり、曲げたり、そういう大がかりな作業は前庭のそのプレハブでやります」

「ここにある三つとも、新田さんの作品ですか」

「はい。あの二段鍵盤は、東京の音大の注文で去年作ったんですが、調子がよくないので修理を頼まれていました。後期フレミッシュと呼ばれる種類です。もう終わりましたから、そろそろ納入します」

「あちらはまだ途中ですね」

わたしは窓際を指差した。

「どんな方が注文なさるのですか。やはり、プロの演奏家が多いんでしょうか」

「いいえ、そんなことはありません。あれは大学のロシア文学の教授から注文を受けました。小学生の娘さんの、誕生日プレゼントだそうです」

「まあ、何てすばらしいんでしょう。チェンバロをプレゼントしてもらえるなんて」

「来月が誕生日ですから、今月中には音を出したいと思っているんですが……」

全くの素人がつまらない質問をしているというのに、チェンバロが話題にのぼると、新田氏はこちらが恐縮するくらい真剣に耳を傾け、きちんと言葉を選んで喋った。

ようやくドナが目をさまし、「ところでもうクッキーはないのでしょうか?」という表情で顔を上げた。改めて観察すると、彼は人の足に頭をのせるのにうってつけの、平べったいあごをしていた。相変らず、口からは舌がはみ出していた。

しばらく見えない目でわたしを見つめていたが、やがてあきらめてトランクのそばへ移動していった。木の床で後ろ足がズルズルと滑り、腰が抜けた酔っ払いのような歩き方だった。

「薫さん、お客さんのために、弾いてさしあげなさい」

新田氏が言った。

それは命令というほどきっぱりした言い方ではなく、むしろ穏やかな口調のものだったが、どこかゆるぎのない深い力を備えていた。こちらの意識を一瞬包み込み、息が詰まるような錯覚さえ呼び起こしながら、なおかつ不快にはさせない力だった。

「はい」

薫さんは返事をし、湖が描かれた白いチェンバロの前に腰掛けた。

「とっても、下手なんですよ。ごめんなさい」

そう言って申し訳なさそうにうつむき、鍵盤の上に指をのせた。

わたしの目の前で鳴っているというのに、それはとても遠いところから、時間をかけて響いてきた音のように聞こえた。誰も触れたことのない、果てもない時間の記憶が含まれているかのようだった。鋭さと柔らかさ、華やかさとしとやかさ、清らかさと影、そうした相反する印象が同時にわき起こり、すぐに一つに溶けていった。

もっと耳をすませると、音と音の間に忍び込む、微かな余韻を感じ取ることができた。けれどそれは、薫さんの息遣いだったかもしれない。

彼女はトレーナーの袖から細い手首をのぞかせ、心持ち前かがみになり、滑らかに指を動かした。天窓の光が西に傾き、今度は彼女の足元を照らしていた。わたしはきつく唇を結び、息をひそめた。

新田氏はじっと、薫さんの指先を見つめていた。ただドナだけが、チェンバロが鳴っているのにも気づかないまま、薄桃色の舌で自分の顔をなめていた。

3

真夜中に電話が鳴った。ベッドの中で目をさまし、降りていこうかどうか迷った。時間が時間だったし、最初は寝ぼけてそれが何の音なのか分らなかった。

でも本当は、もし夫だったら、という思いにとらわれていたからなのだ。もし夫だったら、何と言えばいいのだろう。「こんばんは」とか、「久しぶりね」とか、そんな間の抜けたあいさつをすることになるのだろうか。それとも彼はいつものやり方で、わたしをののしるかもしれない。いくらののしっても、電話ではわたしを殴れないことに、気づきもしないで。

いつまでもベルは鳴り続けていた。仕方なくわたしは起きだし、カーディガンをはおり、のろのろと階段を降りていった。受話器を耳に当てると、ツー、ツーという発信音が聞こえた。

夫に初めて殴られた時のことを、わたしはよく覚えている。正確に言えば、なぜそうなったか原因は忘れてしまったが、その瞬間の手の形や、空気の震えや、表情や、感触は、はっきりよみがえってくる。

その日は手術日で、かなりハードな患者が重なっていたらしい。彼は何度も、疲れた、疲れたと繰り返していた。確か、短い会話を交わしたと思う。何気ない、ありふれた言葉のやりとりのあと、気がついたらいつのまにか、事態は取り返しのつかない場所に落ち込んでいた。

いつでもそうだ。わたしたちだって本当は、身体を寄せ合いながら微笑んでいたいのに、ちょっと油断したすきに暗い洞窟に迷い込んでしまう。そこはじとじとして冷たく、出口が見えない。自分が犯したのは、これほどまでに許されない油断だったろうかと後悔しても、どうしようもない。

彼の指は、手術用の手袋を外したばかりで、まだ白くむくんでいた。濁った水晶体を取り出したり、角膜を取り替えたり、破れた網膜を縫い合わせたりしたのと同じ手で、彼はわたしを殴った。

大きな掌が宙に振り上げられ、特別な生き物のようにひるがえり、左の頰にぶつかってきた。なま温かい手だった。

不思議と、痛くなかった。彼も興奮してはいなかった。手術の続きをしているような表情だった。痛みだけではない。恐れも幻滅もなかった。むしろ彼の掌は、今のわたしたち二人に最もふさわしい仕事をしたのだと思った。夫が殴るずっと前から、わたしは彼を自分の中でばらばらにしていた。

「もし、もし」

発信音が続く受話器に、わたしは話し掛けてみた。

「もし、もし」

辛抱強く待っていれば、誰かが返事をしてくれるとでもいうかのように、耳をすませた。

しばらくしてあきらめ、ベッドへ戻り再び眠った。

その日わたしは新田氏の作業場を発見した。それが目的で散歩に出たわけではなかったが、林の中を歩いているうち、ふと探してみたい気持になった。用もないのに続けざまにお宅へお邪魔するのは気が引けたが、偶然作業場を見つけて立ち寄るくらいなら、許される気がした。

小川に沿って県道とは反対側、有料のスカイラインへ続く方向に進んでゆくと、《野鳥の森公園》と書かれた矢印が立つ分れ道に出る。少し迷ってからわたしは、矢印のない方の道を選んだ。ここまで林を奥に入ると家は一軒も見当たらず、人とすれ違うこともない。

やがて一面水草におおわれた沼があらわれる。沼は蝶の翅《はね》のような形をし、まわりを白樺に囲まれている。そのほとりに小さくて素っ気ない小屋を見つけた。屋根には苔がむし、壁には蔓《つる》がはっていた。戸口にドナが坐っていたので、これが作業場だとすぐに分った。

「ごめんなさい。お仕事中、突然に……」

わたしはそろそろと中に入った。

「いいえ、構いません。いつでも歓迎です。でも、よくここが分りましたね」

背中を向けていた新田氏は振り向き、銀縁の眼鏡をはずしながら言った。

「子供の頃、このあたりをよく駆け回りましたからね。だいたいの見当はつきました」

「以前はポンプ室だったのを譲り受けて、改造したんです。狭くて申し訳ありませんが、さあ、どうぞ」

中は三つの作業台と天井まで届く棚に囲まれ、人が二人立つと残されたスペースはほとんど残っていなかった。台と棚の上は、実にさまざまな種類の、不思議な形をした道具や機械や、段ボールや缶で埋めつくされていた。大きさの違う何本ものノミ、ペンチ、ドライバー、電動ノコギリ、ブラシ、スケール、マイクロメーター、輪ゴムで束ねられた鳥の羽根、色鉛筆、木片、塗料、接着剤、カンナ……。そうしたものたちが、一見乱雑に、しかしある種の秩序を保って並んでいた。

「薫さんは?」

勧められた丸椅子に坐って、わたしは尋ねた。

「さっきまでここにいたんですが、家の方へ戻って事務的な用事をやってます」

「いつも、二人きりでお仕事なさるんですか」

「ええ。たいていはここへ閉じこもって。何も喋らず。黙々とね」

　わたしはその場面を想像してみた。

　それぞれの作業台に向かい、二人は一心にチェンバロの部品を作っている。おそろいであつらえたように似通った指を動かして、木片を削るか、彫るか、磨くかしている。時折彼が二言、三言指示を出す。わたしの前で、「弾いてさしあげなさい」と命令した、あの時と同じ口調だ。薫さんは素直な美しい声で返事をする。するとまた沈黙が訪れ、お互いの息遣いだけが二人の間を埋めてゆく……。

「音を作っているその現場は、静かなんですね」

　新田氏はうなずき、眼鏡のつるを閉じたり開いたりした。鳥のさえずりがひっきりなしに聞こえていた。半分開いた扉から、ドナのお尻だけが見えた。

「鍵盤ですか？」

　わたしは彼の前にあるものを指差した。

「はい。ここのところ、毎日これにかかりっきりで……」

　それは作りかけの鍵盤だった。鉛筆で番号をふられた細長い木が規則正しく一列に並び、先端は白と黒に色分けされ、反対側の先端は、さらに小さな木片を組み合わせた複雑な構造になっていた。チェンバロから切り離された鍵盤は、か弱いものに見えた。

「ナチュラルキーに貼ってあるのは、牛の骨です。シャープキーにはナラの埋もれ木を使っています」

「牛の骨なんて、どうやって手に入れるんです？」

「ドイツから取り寄せます。楽器の部品を扱っている会社があるんですよ」

わたしはナチュラルキーの一つに指をのせてみた。骨にしては柔らかく、滑らかな手触りだった。ちょっと触れただけで鍵盤はすぐに動き、コトンとつぶやくような音をたててまた元に戻った。

「鍵盤の延長線上に、爪のついたジャックという木片をはめ込んで、その爪で弦を弾くんです。ほら、こんなふうに。これがジャックで、打鍵すると持ち上がって、弦に触れる。キーをはなすと、落ちる。ここに付いているフェルト製の布が弦の振動を止めるんです」

新田氏はコーヒーの缶にびっしり突き刺してあった、ジャックと呼ばれる細長い木片を一本引き抜き、実際鍵盤に取り付けて説明してくれた。

詳しくて論理的な説明だった。詳しすぎてわたしにはよく分らなかったが、そんなことは問題ではなかった。彼の指が生き生きと動くのを見るのがうれしかった。わたしだけのために、他人が何かを与えようとしてくれる感触が、懐かしいものに思えた。

そして鍵盤は美しかった。木片の連なりには、わずかの狂いもなかった。どんな小さな窪みにも、どんな微かなすき間にも、丁寧さが感じられ、上品な工芸品のようでさえあった。出来上がったばかりの部品は、まだ木の匂いがした。

「ここにあるジャックは全部薫さんが作ったんですよ。爪はね、フランス鴨の羽根の軸を削って作ります。時々、林の中に落ちているカラスや鷹の羽根を使うこともありますけど、やっぱり鴨の音色が一番です」

「だから鳥の羽根があんなにたくさん集めてあるんですね。でも、鳥の種類でそんなに音色が違ってくるものですか」

「それはもう違います。演奏者が触れるのはこの鍵盤だけで、単純な楽器のように思われるかもしれませんけど、奥には底知れない世界を隠し持っているんです」

彼はジャックをわたしの目の前に差し出した。それと一緒に手も近づいてきた。切りきずだらけの大きな手だった。浅黒く、厚みがあり、汚れていた。

差し出されたのはジャックなのに、わたしにとっては彼の手の方が意味深いものに見えた。羽根の軸でできた爪を、彼は中指で弾いた。ピン、ピンと微かな音がした。その音を聞こうとして、わたしはもっと近くに顔を寄せた。唇で体温が感じ取れるような気がした。

「触ってごらんなさい」

新田氏が言った。何の警戒心もなく、わたしをチェンバロの一番奥深い場所へ導こうとしていた。きのうまで知らなかった、はじめての場所だった。

わたしは夫の手を思い出していた。手術用手袋をはずしたばかりの、除菌されふやけた掌と、それが振り下ろされた瞬間を想い浮かべていた。なのに少しも不快でなかった。むしろその痛みが、ためらわなくていいのだと教えてくれていた。

新田氏はわたしを待っていた。待たれている感触をできるだけ長く味わうため、いつまでもジャックに手をのばさなかった。拒絶していると勘違いされないギリギリのところまで、じっと動かなかった。

「さあ」

彼はもっとジャックを近づけた。その瞬間、ほんのわずか二人の手が触れ合った。彼ははっとしたように息を詰め、ジャックを引っ込めた。

「でも、壊してしまったら……」

声が震えないよう、慎重にわたしは言った。

「心配しなくてもいい」

彼は目を伏せた。

半分白く染まった髪は無造作にかき上げられ、耳の後ろで波打っていた。トレーナーとジーパンはあちこちすり切れ、床から舞い上がってくる木屑をかぶっていた。ドアのすき間から差し込む光のせいで、顔の半分は影に沈んでいた。影が濃くなればなるほど、皺や伸びかけた髭や額ににじむ汗が、よりくっきり浮き上がって見えた。

新田氏は特別な静けさを胸にたたえていた。どんなに外で小鳥がさえずっても、二人で言葉を交わし合っても、それは消えることなく深い霧のように彼を満たしていた。楽器を作っているというのに、その霧の中では音が溶けて蒸発してゆくかのようだった。

こんなふうに黙って目を伏せている彼は、自分だけの静けさに耳をすませているのだった。もしかしたら、彼にとって本当に大切な音だけが、胸の奥でひっそりと震えているのかもしれない。

わたしもそれをたまらなく聴きたいと思った。彼の静けさに身体を浸したかった。今目の前にある、フランス鴨の羽根の爪が、そこへの入口なのだ。

わたしは人差し指をのばし、彼がやった通りに爪を弾いた。けれど、胸の中の霧は震えなかった。

ジャックはコーヒーの缶にまた戻された。

「途方もないたくらみですね。こんな繊細な楽器を、最初から最後まで、自分一人の手で作ろうとなさるなんて……」

二人が触れ合った瞬間をかみしめるように、わたしは言った。

「僕も最初はそう思いました。作業の途中で、瞬間瞬間に狂いが生じて、それを全部正していかないと、先に進めないんです。果てがないかのようです。でも、根気強く、一つ一つの作業を仕上げていけば、いつかはチェンバロにたどりつけます」

新田氏は床に積もった木屑をスニーカーの先でつついた。

「すみません。チェンバロの話ばかりして……」

わたしは首を横に振った。

「いいえ。気になさらないで」

「毎日、閉じこもってチェンバロだけを相手にしていますからね。人と会う機会なんて、驚くほど少ないんです。特にここへ引っ越してからは、テレビもないし、新聞もとってないし、お客さんも来ない。どんどん衰退しているんですよ、他人と会話する能力がね」

「薫さんは？」

「ええ。確かに、彼女が来てから状況は変りました。食事を一緒にしたり、ちょっとした雑談を交わしたり。でも、本質は変りません。彼女もここへ、チェンバロを作りに来ているわけですから」

「ご家族はいらっしゃらないんですか」

思い切ってわたしは尋ねてみた。初めて家を訪ねた時、サドルが破れ、錆だらけになった女性用の自転車が、軒下で雨ざらしになっているのを見つけたのだ。

「妻がいましたが、別れました。三年になります」

新田氏はさほどこだわる様子もなく、淡々と答えた。

「高校時代の同級生で、大学を卒業してすぐ結婚しました。二十二年の結婚生活でした」

その時、高く澄んだ鳥の声が白樺の間をすり抜けていった。枝のざわめきも聞こえた。

「美術館の、学芸員なんです」

最初、鳥の声に紛れてよく聞こえなかった。しばらくして、奥さんのことを言っているのだと気づいた。

「僕のピアノを一番愛してくれた人です」

わたしは彼の横顔を見上げた。新田氏は一度息を深く吸い込み、意味もなく定規の先でコーヒーの缶を叩いてから、言葉を続けた。

「だから、ピアノを離れてチェンバロ製作にのめり込んでゆく僕に、ついてこられなくなったんでしょう」

「どうしてピアノを、あきらめてしまわれたんですか」

そう聞いたあとで、わたしは後悔した。彼が視線をこちらに向け、口をつぐんでしまったからだ。不機嫌な表情ではなく、むしろ微笑みさえ浮かべていた。けれどそれは弱々しく、はかなげで、次の瞬間にはもう哀しみに変ってしまいそうな微笑みだった。

「才能がなかったからですよ」

しばらくの沈黙のあと、彼は答えた。


六月に入ってすぐの土曜日、新田氏と薫さんの二人から、バーベキューパーティーに招待された。

「長い間使っていないから、こんなに煤《すす》だらけで。でも、この煤がお肉にしみて、また一段とおいしくなるんですよ」

薫さんは軍手をはめ、炭を運んでいた。

バーベキューコーナーは扇形の前庭の要《かなめ》のあたり、プレハブの脇にあった。新田氏が自分で作ったらしく、コの字形にレンガを積み重ねた上に、鉄の網をのせ、その周囲には御影石でできたベンチと丸いテーブルが配置してあった。確かにレンガも網も黒くすんでいた。プレハブの入口は開いたままで、きれいに切りそろえた何枚もの板が、保管してあるのが見えた。

「どうぞ瑠璃子さんは腰掛けて、ゆっくり冷たいものでも飲んでいて下さい。すぐ用意ができますから」

新田氏はタオルでベンチをふき、わたしを坐らせると、ピッチャーに入った透明な飲み物とグラスをテーブルに置いた。

みんなうきうきと楽しげだった。夕方になろうとしていたが日はまだ暮れておらず、あちこちに残る昼間の明るさが、深緑を包んでいた。汗ばむくらいだった暑さはいつのまにか消え、時折乾いた風が吹き抜けていった。

ドナまでが興奮し、地面に鼻をこすりつけてせわしなく歩き回った。準備に忙しい薫さんの足にまとわりついては、「あっちに行ってなさい」と叱られていた。

わたしはピッチャーの中身を注いで飲んだ。よく冷えておいしかった。ライムの香りがした。

二人が南側の窓を出入りしながら、食器を運び出したり、肉と野菜を串に刺したり、おつまみのチーズを切り分けたりしているのをベンチに腰掛けて眺めていると、それだけで平和な気分になった。ここには気分を害するものなど何もないかのようだった。緑はどこまでも濃く、空には雲のかけらもなく、レンガの上からはいい匂いが漂いはじめていた。

子供の頃、別荘のテラスでもよくバーベキューをした。あのガスコンロはどこへいってしまったのだろう。あれを納屋から持ってくるのは、父の仕事だった。姉やいとこたちと、競争して肉を取り合った。足元には蚊取線香がついていた。食べるのに夢中になって誰かがうっかり例の板を踏むと、みんなではやしたてたものだ。「化け猫が出るぞ」

あの時わたしの頬はまだ幼く、柔らかく、一度も痛みを感じたことがなかった。それに触れる者の手はいつも、優しさにあふれていた。

二人は手際よく作業をすすめた。無駄な動きがなく、かといって事務的というのでもなく、ささいな仕草にも心がこもっていた。薫さんは新田氏が小さくめくばせするか、「えっと……」とつぶやくだけですべてを理解し、必要な品物を取り揃えた。新田氏はおもにソース作りと炭の火加減を担当し、薫さんが少しでも困っていると——食器棚の上の方から大皿を取り出そうとしたり、庭の石につまずきそうになったり——すばやく、さりげなく手助けした。

「偉大なるカリグラファーと、チェンバロ製作者と、その卵に乾杯」

わたしたちは白ワインで乾杯した。

「どんな調子はずれのチェンバロの音も聞かなくてすむ、年老いたドナに乾杯」

薫さんが付け足して、わたしたちはもう一度グラスを合わせた。

バーベキューはすばらしい味だった。二人は柔らかくて上等な肉を一番にわたしの皿にのせ、グラスが空になるとすぐにおかわりを注ぎ、煙が目に入らないよう、うちわであおいでくれた。まるで、お姫さまを接待するかのようだった。

ドナは専用のボウルにキャベツととうもろこしのスープを入れてもらい、いつものように歯を鳴らしながら食べていた。

「本当にドナは、耳が聞こえないんでしょうか」

わたしは尋ねた。

「一生分の音楽を、もう聞いてしまったんでしょう」

新田氏が答えた。

ドナの耳はなかなか立派な三角形で、ぴんと上を向き、内側は触りごこちのよさそうなピンク色の産毛でおおわれていた。彼はこの耳で、新田氏がピアノを弾くのを聞いただろうか。今は決して届いてこない音の記憶が、この中に残っているかもしれないと、わたしは思った。

わたしたちはみんな、たくさん食べた。人生のうちで、これほど満腹になったことはないと思えるくらいだった。

なかでも薫さんの食欲は際立っていた。お皿を持ち上げ、音もなくさっさと口の中へ滑り込ませ、いつのまにかまたお皿を肉で一杯にしていた。

「今日はお客さんがいるから、いくぶん遠慮しているようです。最高記録はステーキ七

○○グラムです」
新田氏がからかっても薫さんはすました顔で、新しい肉に取り掛かっていた。

食べながらわたしたちは、さまざまなことを話した。一番感動した小説について。旅行の思い出について。初恋について。理想的な一日の過ごし方について。

相変らず新田氏は無口だったが、何か質問をすれば、こちらが求める以上のことを喋った。薫さんはいつもよりずっと饒舌《じようぜつ》で、新田氏の秘密をたくさんばらした。彼はにこにこ笑うだけで、一言も言い訳しなかった。秘密といっても、チーズケーキを食べすぎてお腹をこわしたとか、いまだにファックスが使えないとか、そんなたわいもないことばかりだったけれど。

ワインが空になり、新田氏が別の瓶を開けた。チェンバロの部品を仕上げるように、優雅に栓を抜いた。彼はかなりの量を飲んでいるはずだった。

同じ席にいる男性がどれだけお酒を飲んだか、わたしは無意識のうちに計算してしまう。やめようと思ってもどうしようもない。脳細胞のどこかが必ず、一杯、二杯……と怯《おび》えるように数を刻んでいる。アルコールが一定量を越えると、夫の暴力がひどくなるからなのだ。

しかし新田氏は表情も態度も飲む前と変っていなかった。

「瑠璃子さんは、レンブラントの絵に出てくる女の人に似てるな」

新しいワインの瓶についた水滴をぬぐいながら、新田氏が言った。

「レンブラント……ですか？」

「そう。サスキアっていう名前の女の人」

「ええ、確かに。そう言われれば」

薫さんが同意した。

「どんなところが似ているんでしょう」

わたしは聞いた。

「目元や口元や、額の感じが……。輪郭に柔らかみがあって、髪の毛が豊かなところも」

彼は瓶に視線を落としたまま、こちらの方は見ないでぼそぼそと説明した。

彼がそういう個人的な感想を口にするのは珍しかった。わたしはサスキアという人を知らなかったけれど、彼女がどんな顔であれ、誰かに似ていると言われることがうれしかった。わたしの顔をきちんと見つめてくれる人など、もう長い間そばにいなかったからだと思う。

「新田さんは女性がほかの誰に似てるか、見抜くのが上手なんです。ツボを心得ているんです」

薫さんが言うと、またしても彼は反論せず、かわりに彼女のお皿に一段と大きな肉の固まりをのせた。

いつしかあたりには夕闇が迫っていた。空は夜に移り変る寸前の、あいまいな色合いに染まっていた。満腹になったドナは、今度はボウルに水を入れてもらい、ぴちゃぴちゃとおいしそうな音をたてて飲んだ。時々、枝の間を素早く横切ってゆく黒い影が見えた。コウモリだと新田氏が教えてくれた。風が止み、煙が真っすぐ空へ吸い込まれてゆくようになった。

「あんな広い別荘にお一人で、心細くありません？」

薫さんが言った。

「大丈夫です。淋しくなりたくて、ここへ来たようなものですから」

「ご主人の方がお淋しいかも」

「さあ、どうでしょう」

わたしは首を振った。

「あの人はわたしがカリグラフィーに没頭するのを見るのが嫌いなんです。何一つ理解しようとしません。できないんです。紙切れに書かれたただのアルファベットが、どうして価値など持つのか」

「別荘なら、お一人で集中できますね」

「ええ。だんだん書いていくうちに、この世には自分と、目の前にある書物だけしか存在しないような気分に陥ることがあります。一字一字孤独をかみしめるみたいに手を動かしていった方が、いい字が書けます」

「今やっていらっしゃるのは、どんな種類のカリグラフィーなんですか」

「九十六歳の、イギリス人の女性が書いた自叙伝です。自費出版するのとは別に、子供に残すための愛蔵版を作りたいとかで」

「骨の折れる作業ですね」

ベンチに腰掛け、足を組んだ新田氏が言った。

「いいえ。チェンバロのように込み入ってはおりません。でも、イギリス人女性の人生はかなり複雑です。牛飼いの家に九番めの子として生まれ、女中奉公に出されて、一度もクリスマス休暇などもらえずまじめに働いていたのですが、ある日暴れ馬からお嬢さんを助けようとして頭を強打し、目が見えなくなってしまいます。そこであっさりお屋敷をくびになり、修道院に引き取られて下働きなどしますが、十五の時突然、自分に霊感があることに気づき、盲目の霊媒師として身を立てます。その間、たくさん恋もします。なかなか惚れっぽい霊媒師さんなんです。ところが悪い男にだまされ無一文にされ、――超能力があるのにどうしてだまされたりするんでしょう――とにかく心機一転ロンドンに出てサーカスに入団し、猛獣の調教をやります。霊感で動物ともコミュニケーションできるというわけです。しかし長続きはしません。象の鼻になぎ倒され、またしても頭を打ち、その拍子に目が見えるようになったのです。と同時に、霊感を失います。今、ようやくこのあたりまでたどり着いたところです。まだまだ先は果てしなく続きます」

二人は同時に、ほーっとため息をもらした。

「ユニークな経歴の方ですね」

「瑠璃子さんは毎日毎日、その方の人生に付き合っているんですか……」

感心したふうに新田氏が言った。

「妙な仕事です。他人の人生を書き写すなんて」

わたしは火箸で、網にこびりついた肉の破片をつついた。

「でも、どんな重大な出来事でも、紙に書くと一行か二行で終わっちゃうんですよ。『目が見えなくなった』とか、『無一文になった』とか、アルファベット十個か二十個で用が足りるんです。だから、自叙伝の仕事をしていると、気が楽になることがあります。世の中何でも、大げさに考えすぎない方がいいなあ、って」

網の上は空になり、炭は消えようとしていた。二本めのワインも残り少なくなっていた。暗くなってくると、林の奥で鳥がはばたく音や、三人の声や、ドナの足が土を踏む音が、より耳元に近づいて聞こえた。

ふと気がつくと薫さんは家の中へ入ってゆき、チェンバロの前に坐っていた。部屋の明かりは消したまま、チェンバロを照らすスポットライトだけをともした。特別に選ばれたもののように、それは闇の中に浮かび上がった。

彼女は椅子を引き寄せ、鍵盤にかぶせてあった布を几帳面に折り畳んでから、演奏をはじめた。離れていても、音はじゅうぶんに伝わってきた。わたしは新田氏の隣に坐った。石のベンチはひんやりしていた。

「ジャン＝フィリップ・ラモーの、『やさしい訴え』です」

新田氏が耳元でささやいた。彼の息が耳たぶにかかった。

わたしは最初、それが題名だと気づかなかった。魅惑的な祈りの言葉のように聞こえた。

チェンバロの前で薫さんは、もっと愛らしく見える。ゆるやかにカーブした側面の輪郭が、そのまま手首から首筋へとつながり、彼女の身体も楽器の一部になって溶け込んでいる。

薫さんは新田氏が作った箱の鍵を開くことができる。中からいくらでも音をすくい上げることができる。いつしかわたしは、彼女をうらやんでいる自分に気づく。

「彼女、製作者として才能はありますか?」

演奏を邪魔しないよう、わたしは小さな声で問い掛けた。

「どんな才能が必要なのか、実は僕にもよく分らないんです」

新田氏はワインを口に含み、ゆっくり喉に流し込んだ。

「ある程度の器用さとか、センスとか、耳のよさは必要なんでしょうが、どれも絶対的な条件とは言えません。とにかく薫さんは、チェンバロを作ろうとしている。それだけしか僕には分りません」

彼が薫さんという言葉を口にするたび、その響きが胸につかえ、微かなきしみを残す。

どんな時でも壊れないように大切に、彼がその一言を発するからだ。

「でも、演奏は上手ですね」

「小さい頃から、教会でオルガンを弾いていたらしいですからね。もちろんプロのようなテクニックはありませんが、ある種の個性は持っています。センチメンタルで、瞑想的で……」

「どうして彼女はここへ来たんでしょう」

きしみを消すため、わたしはグラスに残っていたワインを飲みほした。

「あんなに若くてきれいな子が、普通、チェンバロを作りたいなんて思いつくでしょうか。弾きたいとか、聞きたいというなら分ります。でも、弾くのと作るのは、似ているようで全然違うと思うんです」

「ええ、違いますね」

新田氏は膝の上に置いた指を解き、もう一度組み直した。そして新しくできた小さな両手の空間に、視線を落とした。

「彼女には必要だったんでしょう。知っている人が誰もいない場所へ来て、時間を切り離して、余計な心配や思い出や恐れに惑わされることなく、目に見えない音だけを相手にする生活が」

「こっちに、彼女の知り合いはいないんですか」

「僕の知っているかぎり、誰かが訪ねてきたこともないし、彼女が休暇を取ってどこかへ遊びに行ったこともない。一度も長崎へは帰っていません。この一年、彼女が身を置いた場所といえば、下宿と、ここと、その間をつなぐ自動車の中だけですよ」

「長崎では何をしていたんでしょう」

「短大を出て保母の免許を取ったあとは、お父さんの教会を手伝っていたようです。日曜学校の世話をしたり、オルガンを弾いたりしてね。ところが、ちょっとした、事故に巻き込まれて……」

「事故？」

声が大きすぎた気がして、わたしは口を押さえた。

「結婚式の直前に、婚約者が亡くなったんです」

言葉を選びながら、新田氏は言った。

「教会で知り合った、市役所の福祉局に勤める青年だったそうです」

「交通事故ですか？」

「いいえ。詳しいことは僕にもよく……」

新田氏は言葉を濁した。

「彼女は恋人について、僕に一言も喋りません」

『やさしい訴え』は鳴り続けていた。チェンバロに施された金色の模様がライトでにじみ、薫さんを包んでいた。音の一つ一つがわたしたちの間を通り抜け、闇に満ちた林の奥まで届いていった。

ドナはプレハブの入口に腹ばいになり、思慮深い顔をして光の方を見ていた。ドナの真上に、三日月が出ていた。

「新田さんは、お弾きにならないんですか」

彼は髪の間に指を滑り込ませ、二、三度まばたきをした。

「新田さんが弾くチェンバロも、聞いてみたいわ」

聞こえなかったのかと思い、わたしはもう一度繰り返した。けれど彼は黙ったまま、ゆっくり首を横に振るだけだった。

二人とももう口を開かなかった。ただじっと、身体を固くしているだけだった。新田氏の肩が、すぐそばにあった。そこに触れたいという気持が不意にわき起こり、わたしを混乱させた。チェンバロのせいだと、自分に言い聞かせた。この音色が、ひととき感情を揺さ振っているだけだと。

その夜わたしは家へ電話を掛けた。夫が恋しくなったからではもちろんない。どうしてあの人から遠く離れた場所に、一人で隠れていなければならないのか、自分に理由を思い出させるためだった。電話をすれば、あの人がわたしをどれだけ冷淡に、残酷に、都合よく扱ったか、一つ一つの場面をよみがえらせることができる。好きなだけここへとどまっていいのだと、自分に言い聞かせることができる。

どこまでもコールは続いた。暗い部屋にコールは鳴り響いた。キッチンでは流してオムレツが腐っているだろう。寝室のタンスの引き出しは、乱雑に開いたままだろう。

十五回まで待って、受話器を置いた。誰も出なかった。

ベッドの中でわたしはなかなか寝つけなかった。目をつぶると、光に浮かび上がったチェンバロと薫さんの姿が、まぶたの裏に映った。そして肩から伝わってくる、新田氏の体温がよみがえってきた。

わたしは耳をすました。〝グラスホッパー〟の駐車場に停めてあるという自動車に乗って、薫さんが下宿へ帰ってゆく気配を、わずかでも感じ取りたいと願った。このままでは、眠りは訪れそうになかった。

実際はそんなもの聞こえるはずがない。ペンションは遠いし、もし仮に県道を走る車の音が聞こえたとしても、それが薫さんかどうか、どうやって確かめるというのだろう。なのにわたしは耳をすまさないではいられない。本当に彼女は今晩、新田氏の元から離れていっただろうか。

しかし聞こえてくるのは、チェンバロの音ばかりだった。

4

十五年前、夫に初めて会った時、わたしは彼の患者だった。

「左目の斜め上の方、こめかみに近いところに、薄ぼんやり光の輪が見えるんです」

そこは大学病院の殺風景な診察室で、カーテンの向こうからはしきりに目のかゆみを訴える老婆の声が聞こえていた。

「いつ頃からですか」

夫はボールペンの芯を出したり引っ込めたりしながら言った。

「一ヵ月くらい前、お天気のいい日でしたけれど、公園の噴水の縁に腰掛けていたら、ちらっとその輪が視界に入ったんです。最初は噴水のしぶきに日光が反射したのだと思いました。でも、公園を出て地下鉄に乗っても、家へ着いてからも消えなかったので、おかしいと気づきました」

わたしはまだ二十一で、少女のように痩せていて、長くのばした髪を一つに束ねていた。カリグラフィーに興味を持ち、イギリスへ短期留学して戻ったばかりだった。

「それはずっと見えていますか。寝ている時以外、いつも」

「いいえ。朝なかったのに、昼あらわれる日もありますし、一日中あらわれない時もありました。何かの拍子にさーっとあらわれるんです。虹みたいに」

「色はついていますか」

「はっきりした色じゃありません。コップの水に水彩絵の具を数滴落としたくらいの感じです。どちらかというと暖色系ですね。オレンジ、クリーム、レモンイエロー……。それに輪といっても真ん丸じゃなく、心持ち楕円なんです。眼球をひどく動かすと、円の一部が切れてしまうこともあります。でもまたいつのまにか、つながっています」

「例えば、戸外に出た時に限るとか、涙が出ると消えるとか、そういうことはありませんか」

「よく分りません。それにこのところ、涙なんて流していませんし……」

「それは何よりだね」

そう言って夫はくすくす笑い、かたわらのスタンプに手をのばして勢いよくカルテに押した。目の形をしたスタンプだった。青い縁取りの、アーモンド形の目だった。そこから線を引っ張り、難しそうなアルファベットの単語をいくつも記入した。

彼の白衣は光るほどに真っ白だった。襟のラインには張りがあり、皺は隅々までアイロンでのばされ、肩も袖もすそも、ぴったりの大きさで身体を包んでいた。胸ポケットからのぞく万年筆のキャップさえ、計算されつくした装飾品のようだった。隣の老婆はますます声高になり、自分の苦しみを主張し続けていた。

夫はわたしに数々の質問をした。アレルギーの有無、コンタクトレンズの種類、痛みの程度、既往症、年齢、職業、生活習慣、体重……。彼がわたしについての何かをあんなに知りたがったなんて、今では嘘のようだ。

夫は診察室の電気を消し、強い一筋の光だけを当てて、わたしの瞳をのぞき込んだ。顔を近づけ、掌で頭の後ろを支え、優しく人差し指でまぶたに触れた。その感触をわたしは今でも覚えている。

結局、どんなに目をこらしても、彼は光の輪を見つけることはできなかった。慣れないイギリスの生活と、カリグラフィーの練習のしすぎで、疲労がたまっていたのだろうということになった。

やがて彼との恋愛がはじまると、それは跡形もなく消えた。もう二度とあらわれなかった。わたしたちを出会わせるためだけに存在した、罪深い幻の光だった。

バーベキューパーティーから二日後の朝、新田氏の家を訪ねた時、すぐに様子が違うのに気づいた。いつものようにカーテンはすべて開け放たれ、ドナはポーチに寝そべり、窓からはチェンバロの脚がのぞいて見えたが、どこかしら物足りなさを感じた。

「おとといはご馳走になりました。とっても楽しかったわ。これ、珍しくもないんだけど、ドーナッツ。さっき揚げたばかりなの」

「まあ、素敵。大好物です」

薫さんは袋を胸に抱え、本当にうれしそうにお辞儀をした。

「新田さんは、二、三日帰ってこないんです」

そしてドーナッツを見つめたまま言い足した。

わたしたちはちょっとしたドライブをすることにした。新田氏から言いつけられた仕事があるのではないかと心配したが、薫さんは気にしていなかった。

「ちょっとくらいさぼったって平気です。誰も見てないんですから」

そう言って、キーだけをポケットに入れ、どんどん〝グラスホッパー〟の方へ歩きだした。

「戸締まりは？」

「チェンバロをかついで逃げる泥棒なんていませんよ」

あわててわたしもあとに続いた。

ついでに私も連れていってもらえるとうれしいのですが……とでも言いたげに、ドナは薫さんにすり寄ったが、

「あなたはお留守番してなさい」

と冷たくあしらわれ、仕方なくポーチに引き返していった。

車は薫さんの容姿には似つかわしくない、黒い四輪駆動車だった。

「ここへ来た最初に、お給料を前借りして買いました。だからいまだに、収入はほとん

どゼロに等しいんです。瑠璃子さんが聞いたら、びっくりするような金額ですよ」

「下宿代や食費はどうなさっているの？」

「わずかですけど、貯金がありますから」

車の中はバックシートにミネラルウォーターの瓶が一本転がっているだけで、ほかに女の子らしい飾りや持ち物は見当たらなかった。彼女の運転は力強かった。カーブでは大胆にハンドルを切り、直線になるとかなりのスピードを出した。

途中、湖の脇を抜け、このあたりで一番大きなホテルと、スキー場の前を通った。緑が美しい季節だというのに、どこも人の姿は少なかった。

「盲目の霊媒師はその後どうなりました？」

薫さんが言った。窓から吹き込む風で、彼女の短い髪が小刻みに揺れていた。

「えっと、前回は象の鼻に倒されたところまででしたよね。それから、ある女流画家に見いだされてモデルになるんだけど、レズの関係を迫られて逃げ出すの。そうこうしているうちにジフテリアにかかって生死の境をさ迷い、その時親身に看病してくれた画廊の事務員と結婚し、すぐに双子が生まれるが、一人はへその緒が首に巻きついて、もう一人は羊水が肺に入って、死んでしまう。……今は、こんなところかしらね」

「まだまだ先は続くんですか」

「ええ。なにせ九十六年の人生だから」

「それにしても、不運の連続ですね」

「そうとも言い切れないわ。だって本当に不運な人なら、自叙伝を自費出版しようなんて思いつかないはずだもの」

なるほど、という表情で薫さんはうなずいた。

やがて観光牧場にさしかかった。放牧された牛と、チーズ工場と、サイロが見えた。

「ちょっと待っていて下さいね」

そう言って薫さんは車を停め、入場券売場の隣にある売店で牛乳を二パック買ってもどってきた。

「ここのはとってもおいしいんです。新田さんも大好きです」

薫さんは白い長袖の綿のブラウスに、黒いミニスカートと、くるぶしまでのブーツをはいていた。いつもジーパン姿だったので、足を見るのははじめてだった。顔と同じように白く、すべすべとした足だった。

わたしたちは牧場からさらに十分ほど山を登ったところにある原っぱで車を降り、そのベンチで休憩した。原っぱには小さなメリーゴーラウンドと、コーヒーカップと、ぐるぐる回る飛行機がぽつんぽつんと置かれていた。しかし長い間使われていないらしく荒れ放題になっていた。

「おつかいなんか頼まれた時、よくここに寄り道するんですよ」

ベンチの背もたれには、ドロップの宣伝の看板が貼りつけてあったが、半分はずれかけていた。あたりには雑草が茂り、濃い緑の匂いがたちこめていた。

「いつ来ても、誰もいませんから」

わたしたちはドーナッツを食べ、牛乳を飲んだ。ドーナッツはまだいくらか温かかった。

「乗り物はもう、動かないのかしら」

「私、一度試してみたことがあるんです。一人きりで、好きなだけメリーゴーラウンドに乗れたらおもしろいなと思って。でも、レバーを押したり引いたりしてみましたけど、びくともしませんでした」

薫さんは二個めのドーナッツをかじった。

「そのブラウス、素敵だわ」

わたしがほめると彼女は照れくさそうにうつむいて、指についた油をなめた。

「普段はひどい格好でしょ？　白い洋服を着てると、新田さんにしかられるんです。汚れるのを気にしていたら、けがをするって言われて。チェンバロを作っていると、危険なことが結構あるんですよ。電動カンナで指を切ったり、分厚い木の板を足の上に落としたり。だから新田さんがいない時は、内緒でほんの少しだけおしゃれをすることに決めているんです」

「おしゃれしたあなたの姿を見られないなんて、気の毒ね」

「いいえ、そんなことは……」

相変らず彼女の食欲は旺盛で、わたしが一個食べる間に三個平らげていた。両手で輪っかの下の方をつまみ、手品でもするように、それを唇の中に消し去っていった。

「新田さんは厳しい先生?」

「……難しい質問ですね……」

彼女は口ごもった。

「例えば、自分自身の気分で、イライラしたり、八つ当たりしたり、嫌味を言ったりすることはありません。でも、音に対しては厳しいんじゃないでしょうか。ええ、とっても厳しいです。怖いくらいに」

自分に言い聞かせるような口調だった。

しばらくわたしたちは黙って、流れる雲を見上げたり、鳥の声を聞いたり、ドロップの看板を背中でガタガタ鳴らしたりした。

「ところで、新田さんはどちらへ?」

一番気になっていたことを、わたしは尋ねた。

「奥さんのところへ……」

牛乳を一口飲み込んでから彼女は答えた。

「奥さん?」

「はい。正確に言えば、前の奥さんですけれど」

「今でも付き合いがあるの? それとも、お子さんに会いに?」

「いいえ。子供はいません。付き合い……という言葉が適切かどうか、私にはよく分りませんけれど、とにかく、奥さんが勤めている美術館で、時々コンサートが開かれるんです。そこで新田さんのチェンバロが使われるものですから、調弦のために……」

「学芸員なんですってねえ」

「ええ。でも、個人的にお目にかかったことはないんですよ。私がここへ来た時は、もう離婚したあとでしたから」

道端に停めた車をよけて、ワゴン車が一台通り過ぎていった。足元に小さな黄色い花が群れて咲き、その中を紋白蝶が飛びかっていた。飛行機は赤と水色とオレンジに塗り分けられていたが、すっかり錆つき、あるものは風よけがひび割れ、あるものはハンドルがとれ、どれも傷ついた小鳥のようにうずくまっていた。

「製作者が必ず調弦しなくちゃならないものなの？　たとえそれが別れた奥さんと関係あるコンサートだとしても」

わたしは言った。

「いいえ。そんな決まりはありません。別に製作者以外の人が調弦したって、何の問題もないんです。でも、どう言えばいいか……。これは私の、無責任な考え方ですけれど……」

そう断ってから、薫さんは続けた。

「新田さんは必要以上に負い目を感じているんだと思います。自分がピアノを弾けなくなったことに」

「はい。奥さんは新田さんのピアノの才能にすべてを捧げようとした人なんです。金銭的にも、精神的にも。でも結局、彼女の期待に応えることができなかった。そのことがすぐ離婚に結びついたわけじゃないと思いますけど、やっぱり二人には消えない傷として残ったんじゃないでしょうか。だから新田さんは別れたあとでも、奥さんには最高のチェンバロの音を聴かせたいと望んでいるんです」

「負い目?」

「離婚しても、奥さんのことを愛しているのかしら」

薫さんはしばらく口をつぐみ、牛乳パックのストローを何度も引っ張ったり押し込めたりした。

「愛とは違うと思います」

思いがけずきっぱりした言い方だったので、わたしは驚いた。薫さんのこんな口調を聞くのははじめてだった。

「やっぱり償いなんです。ピアニストになれなかったことへの、後悔なんです」

しかしすぐに、元の控えめな口調に戻った。

「新田さんのことを、とても深く理解しているのね」

感じたとおり、そのままをわたしは言葉にした。皮肉やからかいに取られたくなかった。

「新田さんは自分のことをぺらぺら喋る人じゃありませんけど……」

ブラウスの袖口を触りながら、薫さんは言った。少しでもふさわしい言葉を見つけようとして、時折、視線を宙の一点に集めた。

「いつも一緒に仕事をしていると、自然に感じ取れるものがあるんです。特にあの作業場にこもっているとね。私たちいつも、空気の震えに耳をすましているでしょ？　チェンバロの弦が響く音に。すると相手の心の震えまでが、一緒に伝わってくるんです」

空の高いところで鳥がさえずっていた。視線を遠くに向けると、山々の緑がまぶしくて、目が痛いほどだった。メリーゴーラウンドとコーヒーカップと飛行機だけが、わたしたちの声に耳を傾けていた。

「でもどうしてそんなに負い目を感じなくちゃならないのかしら。ちゃんと立派な製作者になったのに」

わたしは言った。

「その通りです。どんな過去とも無関係に、すばらしい製作者です。でも新田さんは本当はピアニストになりたかったのだし、なれる人だったんです。実際、ウィーンに留学もして、コンクールで入賞もして、コンサートだって開いたんですよ。たった、一回きりでしたけど」

「才能がなかったからだって、自分では言ってたけど……」

「いいえ。すばらしい才能があったんです。もちろん私はピアニストとしての新田さんの演奏を聴いたことはありませんが、一度、過去の記録を調べたことがあります。昔の新聞や音楽雑誌に載った新田さんの記事を、図書館で。自分の先生になる人なんだから、これくらいの好奇心は許されると思ったんです。新しい才能の出現を讃えた記事でした。顔写真が出ているのもありました。今よりもっと痩せていて、前髪でおでこが隠れて、気難しそうな青年の顔をしていました。ただ、その才能に重大な、決定的な欠陥があったんです。人前で、弾けなくなったんです」

わたしは意味がよく分らず、えっ、と聞き返した。

「自分の前にたとえ一人でも人間がいると、もう指が動かなくなってしまうんです。あがるっていうことは、どんなプロにもあるはずですけど、いくら緊張していても、いったん演奏が始まってしまえば、音楽は切れ目なくわきだしてきます。あがったり、胸がどきどきしたりするのとは異なる意識のレベルで、指は動くものですから。ところが新田さんの場合は、根本的に違ったのです。一種の神経的な病です」

やまい、というところだけ、特別な単語のようにゆっくりと発音した。

「レコードだけで活動するっていう方法は取れなかったの？」

「無理だったようですね。ディレクターや録音技術者を全部部屋の外に出して、一人きりでピアノに向かわせても、同じことだったそうです。とにかく、自分のピアノを聴いている人がいる、という事実が新田さんを不安におとしいれ、恐れさせ、混乱させました。そして、鍵盤を叩けない指が、傷として新田さんに残ったんです」

「わたしの前でも、やっぱり、弾いてくれないかしら」

「だめでしょうね……」

しばらく考えてから薫さんは答えた。

「たとえチェンバロでも？」

「ええ……」

彼女はもう一度首を横に振り、空になった牛乳のパックを、片手でつぶしてごみ箱に投げた。

何台か車が走り過ぎてゆき、あとにはまた静寂が戻った。メリーゴーラウンドの破れた屋根の切れ端が、時々風にあおられてパタパタとひるがえった。木馬が淋しげな目でこちらを見ていた。

「変ですね。私たち新田さんの話ばかりして……」

「本当だわ」

「内緒にしていて下さい。私がこんなにたくさん喋ったこと」

「原っぱで仕事をさぼったこともね」

薫さんは微笑み、背伸びをした。そして一つだけ残ったドーナッツを指差し、何も言わずわたしの顔をのぞき込んだ。

「もちろん」

わたしが言うと、うれしそうにそれをつまみ上げた。

なぜ彼女は新田氏について、こんなにも多くを語ることができるのだろう。作業場で感じ取る濃密な震えが、これほどまでにさまざまな言葉を、彼女に授けたというのだろうか。わき上がってくる疑問は、少なからずわたしを苦しめた。だからこそ、それを口に出すことはできなかった。

〝グラスホッパー〟の駐車場まで戻ってきた時、奥さんはちょうど孔雀小屋の掃除をしていた。

「お二人ご一緒に、どちらへお出かけで?」

奥さんは頭に巻いたタオルを取り、後れ毛をなでつけた。

「ちょっとぶらぶら、山の上まで」

薫さんは孔雀の前にしゃがみ、下から顔をのぞき込んだ。孔雀はくるりと向きを変え、畑の方に五、六歩進み、くちばしで足元の雑草をつついた。

「ちゃんとごあいさつしなきゃ、だめじゃないの」

子供に言い聞かせるように奥さんは言ったが、孔雀はただ尾をぶるっと震わせただけで、わたしたちには無関心な様子だった。

ペンションはちょうどお客さんがチェックアウトしたところで、開け放たれた客室の窓には毛布が干してあり、中からは掃除機の音が聞こえていた。

「どうです? 別荘の具合は。不都合なことがあったら、いつでも言って下さいね」

「ありがとうございます。お風呂のガスのつき方が悪いんですけど、どこへ修理を頼んだらいいでしょうか」

「ああ、だったらガス屋さんに電話しておきますよ。うちに出入りしている馴染みの人がいますから」

「いつも、すみません」

「いえ、いえ。お安いご用です」

奥さんは腰をかがめ、小屋の入口にホースを突っ込んで、底を水で洗い流した。Tシャツの袖からのぞく二の腕は見事なほどぱんぱんに膨れ上がり、ホースを握る左手の結婚指輪は、指の中に埋もれて半分姿を隠していた。身体を動かすと、脂肪の揺れる微かな気配が伝わってきた。

「申し訳ありませんが、あそこの隅にある餌箱を取っていただけませんか」

すまなそうに奥さんが言った。

「一度中へ入ったら、出るのが大変なんです。なにせ、ここをくぐり抜けられる戸と肩の角度は、一種類しかないんですから。それを間違うと金網に挟まって、身動きできなくなって、孔雀にふくらはぎをつつかれます。どういうわけかこの子、私のふくらはぎが大好物でして。ちょうどつついてみたくなるような、硬さと色をしているんでしょうか」

そう言いながら奥さんは、額から落ちてくる汗が目に入らないよう、しきりにまばたきをした。

「ええ、いいですよ」

わたしは小屋の中に入り、空になった四角い餌箱を取り出した。

「ああ、助かりました」

「どういたしまして」

その間、薫さんはしゃがみ込んだまま熱心に孔雀を観察していた。けれど彼は決して彼女と視線を合わせようとせず、相変らず地面をつついていた。

「もしよかったら、羽根を広げたところを見せてもらえませんか」

こちらに向かって、薫さんが言った。

「はい、承知いたしました」

奥さんは水道を止め、孔雀に近づいてゆくと、心持ち足を開いて背筋をのばし、もったいぶった仕草で両手をこすり合わせた。彼女の背中は広々とし、ふくらはぎには血管が幾筋も浮き上がり、甲を覆う肉がサンダルからはみ出していた。

「さあ、よろしいですか」

奥さんはまじないでもかけるように深刻な顔で、右手を孔雀の頭にかざし、両足を踏張って「えいっ」とうなり声を出した。すると次の瞬間、孔雀は首を持ち上げ、頭の上に生えた扇形の毛を痙攣《けいれん》させながら、わさわさと羽根を広げた。

「わー」

薫さんが歓声を上げた。羽根は何枚も複雑に重なり合い、深い緑色をしていた。

孔雀はゆっくりと一回転した。薫さんが拍手をした。わたしもつられて拍手をした。奥さんは両手を腰のところにあてがい、満足気にうなずいた。

薫さんはいつまでも孔雀の羽根を見つめていた。その瞳に緑が映り、目元にうっすら影を作った。

次の日も、その次の日も新田氏は帰ってこなかった。

「東京と、群馬と山梨と、あのあたりのコンサートを回っているんでしょう。今週末で区切りがつくはずですから、月曜には戻ってきますよ」

と、薫さんは言った。

「もし、帰ってこなかったら、って思うことはない?」

そう、わたしは尋ねた。

「大丈夫です」

薫さんは答えた。

「必ず戻ってきます。チェンバロも待っていますから」

慰めるような、諭すような口調だった。

新田氏が留守の間、薫さんは別荘に泊まった。どうせお互い一人きりなのだから、うちで一緒に晩ご飯を食べ、ついでに下宿まで帰るのが面倒なら泊まっていけばいいと、わたしが提案したのだ。

彼女は夕方仕事が片づくと、片手にポータブルのCDカセットデッキ、もう片方の手にレコードとCDを詰めた紙袋を持ち、にこにこしながらテラスから入ってきた。上手に〝化け猫の板〟は踏まなかった。

わたしは久しぶりにエプロンをし、鍋を磨き、どっさり天ぷらを揚げた。海老、いんげん、しいたけ、イカ、さつまいも、なす。一通り全部食べ終わると、今度は薫さんのおかわりの分を揚げた。

食事がすむとわたしたちはリビングのステレオの前に移動した。絨毯の上に直接腰を下ろし、デッキをかたわらに置いて音楽を聴いた。ステレオは三十年以上前に父が買ったもので、ここ何年も音を出していなかったから、おそらく使えないだろうと思っていたのだが、薫さんが器用にコードをつないだり、つまみを回したりしているうちに、いつのまにか直ってしまった。

「じゃあ、まずこれから……」

紙袋の中をのぞいてしばらく思案していた薫さんは、レコードを一枚取り出し、ステレオの蓋を持ち上げてターンテーブルにのせた。

「『チェロと通奏低音のための6つのソナタ』。ヴィヴァルディです」

そう、題名を告げた。やがて埃《ほこり》のたまったスピーカーから、チェロの音色が響きはじめた。

レコードであれCDであれ、彼女は大事に扱った。パッケージの表と裏に目をやり、指紋をつけないよう指先に注意を払い、優しくボタンを押し、針を下ろした。

このステレオでレコードが回るのは、数えてみるのも怖いくらい久しぶりだった。夏の夜、みんな特別な用事もなくここに集まっている。母はソファーでクッションに刺繍をし、父は煙草をふかし、姉とわたしはビーズ細工に熱中している。ふと誰かが思い立ってレコードをかける。映画音楽か、童謡か、ヨーロッパの民謡か、そんな種類だ。誰もたいして気にとめはしない。ただ『月の砂漠』がかかった時だけ、わたしは声を上げる。

「とばして」

すると姉が黙って針を持ち上げ、一曲分先にすすめる。

「どうして？　いい歌じゃない」

と、母が必ず口をはさむ。

わたしは『月の砂漠』が嫌いだった。あれを聞いていると、いつも泣きたくなった。自分が砂漠の果てに一人ぼっちで置き去りにされる気がした。ラクダのぬめっとした唇や、月に照らされて鈍く光る鞍の感触までが、生々しく浮かび上がってきた。

「『フランス・クラヴサン音楽の精華』。グスタフ・レオンハルトはチェンバロの神様と言われている人です」

薫さんは膝を折り曲げ、胸の前で両腕を軽く組み合わせ、時々テーブルに手をのばしてお茶を飲んだ。やはりステレオは万全ではなく、急に音がくぐもったり、ブツブツと雑音が入ったりしたが、雰囲気を台無しにするほどではなかった。むしろそんなあやうさが、チェンバロの響きにうまく合っていた。

「『チェンバロ協奏曲　第1番　ニ短調』。バッハです」

「『チェンバロによるアリア集　シフォーチの別れ』」

「『クープラン・クラヴサン曲集　第3巻』」

「『半音階的幻想曲とフーガ』。再びバッハ」

彼女はチェンバロの曲ばかりを次々と紙袋から取り出した。わたしたちはそれらを聴きながら、新田氏が帰ってくるのを待った。夜が更けてくると林は急に冷たい空気に包まれた。わたしは彼女に毛糸のカーディガンを貸してあげた。

今頃新田氏は、前の奥さんのためにチェンバロを調弦しているのだろうか。この想像は少しもわたしを苦しめなかった。本当にわたしを惑わせているのは、新田氏がいないことではなく、彼が薫さんの元へ戻ってくることなのだ。

照明を落とした薄暗いリビングに、二人きりで長い時間じっとしていると、自分がどこにいるのか、ふっと分らなくなる瞬間が訪れた。どうして自分はこんなところで古いステレオに耳を傾けているのか、薫という名の若い彼女はどうしてわたしの隣にいるのか、不思議でならなくなった。

そのうち、家族で過ごした頃のリビングの記憶が、目の前の風景に薄ぼんやり重なって見えてきた。特にステレオの上の壁に掛けてあった静物画は、額縁の形までよみがえってきた。いびつな形をした丸いコンポート。皮が残ったままのとうもろこし。そして山鳩の死骸。うつろに目を半開きにし、か細い足をだらりとのばし、血糊のついた羽根で身体をくるんでいた。

『月の砂漠』と同じくらい、それはわたしを悲しませた。一人でいる時は、絶対その絵を見ないようにした。

山鳩の視線の先に薫さんがいた。記憶の中でも彼女はちゃんとステレオの前に腰を下ろし、わたしのカーディガンをはおり、終わったレコードを取り替えようとして、針が元に戻るのを待っていた。

「これで最後にしましょう」

彼女は言った。

「『預言者エレミヤの哀歌』。復活祭前の聖なる三日間に教会で歌われた、フランスの宗教声楽曲です」

わたしはうなずいた。

それまでの音楽とは少し違っていた。前奏も伴奏もなく、ただ静寂の中を女性の声だけが聞こえてきた。歌うというほど激しくはなく、みずからの胸の内に語り掛けるような響きだった。にもかかわらず同時に、暗やみに満たされた宙の高みへ、吸い上げられてゆく気配もあった。

「バロック時代の人々は魂を慰めるために、こういう哀歌に耳を傾けたんでしょうか」

そうつぶやいて薫さんは、レコードクリーナーのスプレーを絨毯の上で転がした。どう相づちをうったらいいのか分らず、わたしは新しいお茶を注いだ。

「『主の慈しみは決して絶えない。主の憐れみは決して尽きない。それは朝ごとに新たになる』」

彼女は歌詞カードをめくり、最初の一行を読んだ。孔雀が羽根を広げた時と同じ影が、目元に射していた。

「私には祈らなければならない人がいるんです」

ふと、彼女が言った。

「祈る？」

わたしはその一言だけを繰り返した。

「はい、そうです」

彼女は両膝をついて坐り直し、胸の前で両手を組み、目を閉じた。息が苦しくなるような、美しい仕草だった。

「亡くなった、恋人のために？」

わたしたちの背中で、歌声は続いていた。わたしが長崎時代の過去を知っていることに戸惑いもせず、彼女はうなずいた。

「死んでしまったんです。私の一番大事だった人は。私の知らない、どこか薄暗いアパートの浴室で」

「なぜ浴室なんかで……?」

「殺されたんです」

この場に似つかわしくない、唐突な言葉だったが、なぜか薫さんが口にすると、思慮深い響きがした。だからとっさにその意味を、理解することができなかった。どう会話をつなげたらいいのか分らなかった。

「私に隠れて付き合っていた、もう一人の恋人に、胸を刺されたんです。何度も、何度も、何度も……」

祈りの言葉を捧げるように、彼女はつぶやいた。そのつぶやきを聞き取ることはできたが、一つの情景として思い浮かべるのは不可能だった。そのことが不安でならなかった。

たまらなくわたしは、彼女をどうにかしてあげたい気持になった。背中をさするか、肩を抱きしめるか、手を握るか、どこか彼女の身体に触れていれば、魂を慰められるような気がした。けれど実際には、ただ黙って預言者の歌を聴き続けるよりほかに、何もできなかった。

5

月曜日、薫さんが言ったとおり新田氏は帰ってきた。夕方二階で仕事机に向かっている時、人の話し声が聞こえてベランダに出てみると、二人がペンションの方に歩いてゆくところだった。彼らはチェンバロを運んでいた。

「それ、どうしたんですか？」

わたしは手すりから身を乗り出して叫んだ。

「完成したんで、大学の先生の家へ届けるところです。なかなかいい音が出ました。明日がお嬢さんの誕生日なんですよ」

足を止め、新田氏が答えた。薫さんもこちらを見上げた。ちょうど西陽が当たってまぶしそうに目を細めていた。祈りの仕草の名残は、いつのまにか消え去っていた。

「お二人じゃあ重くて大変でしょう。わたしも手伝いますよ」

「ありがとうございます。でも大丈夫です。駐車場に停めてあるワゴン車まで運んで、あとは運転するだけです。チェンバロはね、見た目の大きさほど頑丈じゃないんですよ。

ほんの軽い楽器なんです。中は空洞ですからね」

「ワゴン車に載っちゃうんですか」

「ええ。本体と脚を別々にすれば」

今度は薫さんが答えた。

「それじゃあ、失礼します。いつか一緒に湖でボート遊びでもしませんか。僕たち息抜きに、時々あそこでボート競漕《きょうそう》するんです。今度お誘いしますよ」

新田氏は腕の位置をずらし、バランスを取り直した。

「まあ、楽しみにしています。どうぞ、お気をつけて」

わたしは手を振った。両手がふさがっている二人は、首だけ傾けてさよならの合図をした。

新田氏は鍵盤の方、薫さんはその反対側を支えていた。出来上がったばかりのチェンバロは誇らしげに光って見えた。石ころだらけの小道のカーブを、二人は上手に曲がっていった。無言のうちに呼吸を合わせ、楽器を慈しみ、相手をかばい合っていた。

四本の腕、二十本の指、二足のスニーカー、一台のチェンバロ。それらはある一つの、完全な形をなしていた。どこにも欠けたところがなかった。

二人が通り過ぎてしまったあとも、しばらくわたしは手すりにもたれていた。仕事に戻ろうと思ったが、どうしてもペンを握る気になれなかった。双子を失った元霊媒師は、三年後に今度は元気な男の子を生み、それと入れかわりに夫を戦争に取られ、貧乏の中であえいでいる最中だった。

チェンバロがこの林を出ていってしまうのが、信じられなかった。チェンバロは新田氏のそばにだけ存在するもののように、いつしか思い込んでいた。彼の生活がそれを外の世界へ運び出すことで成り立っていることに気づき、戸惑った。そしてそのかたわらには、やはり薫さんが寄り添っていた。

わたしは小道をペンションの方角に歩いていった。彼らを追い掛けようとしたわけではなく、ちょっとした散歩のつもりだったが、駐車場まで来て人影がないのに気づくと、少しがっかりした。

孔雀が小屋を出て畑の中にいた。ペンションのダイニングには明かりがつき、食器のぶつかる音がしていたが、奥さんの出てくる気配はなかった。孔雀はエメラルドグリーンに染まった首を心持ちかしげ、柔らかい土の上をあてもなく歩き回っていた。

わたしは後ろからそっと孔雀に近づき、彼が立ち止まるのを待って、両足を踏張り、右手をかざして「えいっ」とうなり声を上げてみた。けれど彼は「クウ」と一声鳴いただけで、一ミリたりとも羽根は動かさなかった。そして再び、思索にふけりながらの散歩に戻った。

やがて梅雨に入り、太陽ののぞく日は少なくなってきた。一度雨になると、それは静かに辛抱強く降り続き、林を濡らした。

わたしは一日だけ東京へ戻ることにした。例のイギリス婦人と表紙や目次のデザインについて相談したり、いつも行く目白の画材店に、残り少なくなったインクと紙を仕入に行ったりする必要に迫られたからだ。別荘に来てから、二ヵ月近くが過ぎていた。

新幹線の駅まで、新田氏がワゴン車で送ってくれた。その日は木曜日で、やはり雨が降っていた。

「雨が続くと、楽器のためにはよくありませんね」

わたしは言った。

「特に響板を削る時は、湿度が四十パーセント以下じゃないと、具合がよくありません」

バックミラーの角度を変えながら、新田氏は答えた。

二人きりになると、なかなかうまく会話がつながらなかった。お互いが口を開くまでの間に、たっぷりと沈黙が流れた。ワイパーの音だけが規則正しく続いた。しかしそれは不愉快をもよおすものではなく、彼が近くにいるという感触を好きなだけ味わうことのできる静寂だった。

「響板って、チェンバロの一番大事なところですか」

「ええ。命と同じです。低音部と高音部で微妙に厚さが違いますから、マイクロメーターで何十ヵ所も計りながら、削り出してゆくんです。砂一粒でもあると板を傷つけるので、作業台をつるつるに掃除して、ブロードのあて布をしてやります」

「初めてチェンバロを見た時、最初に目がいったのが響板でした」

「本当によくできたものは、ほんのちょっと触れただけで、さわさわ音が響くようです」

それでもあまりに長く沈黙が続く時は、チェンバロの話をすればよかった。チェンバロについて語っている新田氏が、わたしは一番好きだった。

「じゃあ、薫さんにはまだ無理ですか」

「そうですねえ。でもこのあいだ教授のお宅に納めたチェンバロでは、彼女がローズを彫ったんです」

「ローズ？」

「バラ窓のことです。響板に一ヵ所だけ穴が開いているんですが、そこへ製作者のイニシャルをデザインした彫刻をはめ込むんです」

「ああ、ありましたね。そんな丸い印が。確か、金箔で飾ってありました」

「ええ。彼女はとても上手に彫りました」

新田氏はハンドルを左に切り、少しだけスピードを上げた。

彼のイニシャルを丁寧に彫り、金箔で包み、一番美しい場所へ埋める。きっとそれは秘密めいて、魅惑的な作業に違いない。そして薫さんは、それを上手にやりとげたのだ。

「ガスがでてますね」

新田氏が言った。車はすでに山を下り、温泉街を抜ける橋を渡っていた。さっきまでわたしたちがいた山は靄《もや》に包まれ、遠くにかすんでいた。フロントガラスを流れる雨の粒が、次第に大きくなっているようだった。

「こんな天気で新幹線が遅れていなければいいけど……」

「実のところ、一人ぼっちで三時間も新幹線に揺られて、東京へなど行きたくないんです」

わざと運転席に背を向け、川を見下ろしながらわたしは言った。

「ご主人に会いにいらっしゃるんじゃないのですか」

なぜ新田氏が夫のことなど口にするのか、それがひどく理不尽な仕打ちのように思えた。わたしは黙って首を横に振った。

「どうしても片づけなくちゃならない、用事のために帰るだけです。仕事の打ち合せをしたり、郵便物を点検したり、お金をおろしたり……。どれもくだらない用事です。チェンバロのそばにいることに比べれば……」

チェンバロと言うかわりに、本当は……あなた……と言いたかった。

「おかしいとお思いでしょ？　何年もほったらかしにしておいた別荘に突然あらわれて、たいした仕事もせず、迎えに来る人もなく、ただぶらぶらしているだけなんて」

「そりゃあ、何か事情があるだろうとは思っていました。薫さんと一緒に、あれこれ好き勝手な想像をしてみたり。でも、いいじゃないですか。あの林の中にいるかぎり、僕たちはどんな事情とも無関係でいられるんですから」

道は水田の広がる風景を抜け、いくつかの小さな町を過ぎていった。目的地まではもうすぐのはずだった。いつまでも駅が見えてこないよう、できるだけ長く彼の隣にいられるよう、わたしは願った。あまりにも幼稚な願いに自分でもあきれた。駅が近づいてくるサイン――道路の案内板や新幹線の高架や観光案内所――が見えるたび、びくびくした。

「必ず戻ってきますから」

わたしは言った。

「東京へ行ったって、うれしいことが待っているはずなんてないんです」

新田氏は返事をしてくれなかった。

「用事をすませたら、すぐに戻ってきますから」

駅前のロータリーが見えてきた。誰も乗っていない観光バスが、一台ぽつんと停まっていた。

「待っています」

助手席のドアを開けるわたしの背中に向かって、一言だけ新田氏は言った。

「東京は蒸し暑いわ」

わたしが先に口を開いた。

「あっちは雨か？」

夫が言った。

「どうして分ったの？」

「ペンションに電話して聞いた」

「そう……」

「アドレス帳が開いたままになってた。だから、見当がついたんだ」

初めて出会った時と同じように、わたしたちは診察室で向かい合っていた。木曜の午後で、診療時間はもう終わり、看護婦も受付の人もいなかった。夫は自分専用の回転椅子に、わたしは患者用の丸椅子に腰掛けていた。脱いだばかりの白衣が、プラスティックの籠に丸めて投げ込んであった。

「あっちは雨ばかりよ」

「どうして急に、しかも黙って……」

「自分でも分らないわ」

「前々から考えてたのか？　僕を困らせるために？」

「そうじゃないわ。ふっと思いついたの。誰かを困らせるとか、懲らしめるとか、騒ぎを起こそうとか、そんな気持はなかったわ」

「君にそのつもりはなくても、やっぱり僕は心配したんだ。トイレから風呂場から、洗濯機の中までのぞいたし、物置をひっくり返して、ロープがなくなっていないか、園芸用の農薬が減ってないか調べた。明け方まで近所を探して歩いた」

自慢するように、弁解するように夫は言った。

「朝が来て、ようやくアドレス帳に気づいた。別荘に様子を見に行こうか、手紙を出そうか、ずいぶん考えていたんだ」

「一度、夜中に電話を掛けてこなかった？」

「いいや」

夫は首を横に振った。

「迷ったけど、掛けなかった。ペンションの奥さんから、無事でいるのは聞いていたし、それに、顔を見ないで話したら、君を追い詰めるようなことを言ってしまいそうだったから」

待合室の蛍光灯は消され、ブラインドは下ろされ、診察室は薄暗かった。彼が肘をのせた机の銀色のトレイには、茶色、灰色、緑色の薬瓶、ピンセット、軟膏、目薬、綿棒、ペンライトなどが、整然と並んでいた。ベッドの上には、子供の忘れ物らしいキリンのぬいぐるみが置いてあった。首のまだら模様が手垢で汚れていた。

「初めてあなたが無断で外泊した時、わたしも洗濯機の中を探したわ」

ロビーのエレベーターが止まり、扉の開く気配がしたが、ここには誰もやって来なかった。

「下着を洗濯機に入れようとして、そのまま頭から落っこちたんじゃないか。酔っ払って、溺死したんじゃないか、ってね。人間って混乱すると、とんでもなく滑稽なことを考えつくのね」

　わたしは手をのばし、キリンを膝の上にのせた。

「とにかく、こんな所じゃ落ち着かないよ。僕はこれからすぐ出掛けなくちゃならない。教授の退官記念のパーティーがあるんだ。だから、家に帰ってゆっくり話そう」

「もう少し待って」

「何を待つんだ？」

「もう少しこのまま、離れて暮らしたいの」

「あんな不便な所にいつまでもいたら、君の仕事にだって不都合が出てくるはずだ。たとえ別居するにしても、もっといい方法を考えよう。それに、健康保険や住民票や生活費や税金や、いろいろ考えなくちゃならない面倒な手続きだってあるし」

　ホケン？　ゼイキン？　わたしはそういう種類の言葉を久しぶりに聞いた気がして、意味をつかむのにしばらく時間がかかった。彼は日常生活の手続きを処理するのがとてもうまい。昔からそうだ。一番有利な貯金の方法を知っている。税務署から届く書類の内容を全部理解することができる。ガソリンの割引券を集めて、三カ月に一度は無料で満タンにしてもらう。

「でも、しばらくは別荘にいたいの」

「しばらくって、どれくらい？」

「分らないわ。分らないけど、今はただ、そっとしておいてほしいの」

「このままの状態でいたら、何かいいことでも起こるっていうのか」

「……分らないわ……」

「その言葉は聞き飽きた」

夫はペンライトのスイッチをカチカチいわせた。小さな丸い光が壁でまたたいた。

わたしはキリンの角を指でなぞり、目をなでた。それは泣いているように見えるほど黒いガラス玉だった。

「結婚してから、一度もあなたに診察してもらったことがなかったわね」

患者としてここへ来たこともなかったし、家でちょっと診てもらうこともなかった。

夫は何も答えなかったが、構わずに続けた。

「だって一度も、目の病気にならなかったんだもの」

夫の気持が離れてゆくと感じはじめた頃、わたしは病気になりたいと祈った。緑内障でも結膜炎でも網膜剝離でもいい。原因不明の光の輪でもいい。目の病気になれば、彼がわたしに心を向けてくれる。瞳の奥まで見つめてくれる。そう思っていた。

「じゃあ、もう行かなきゃ」

わたしは立ち上がり、キリンを元の場所へ戻した。

家の中は予想していたより乱れていなかった。それどころか、わたしが出てきた時よりむしろきれいに片づいているくらいだった。新聞や雑誌は全部ラックに納まり、灰皿は洗ったばかりで一本の吸い殻もなく、流しのオムレツは姿を消していた。

食卓の上に、見慣れない観葉植物の鉢が置いてあった。あの女が来たのだろうか。そうかもしれない。それならそれで仕方ない。葉はソラマメに似た形でみずみずしく茂り、土はほどよく湿っていた。

わたしはベッドルームに入り、夏用の洋服と、しばらく迷ってから、クリーニングのビニール袋に入ったままの厚手のセーターやコートも一緒に鞄に詰めた。ほとんど使ったことのない、毛糸の手袋や帽子も入れた。別荘の夏は短く、すぐに寒さが訪れるのを知っていたからだ。

タンスに並ぶ夫の衣類は、どれもきちんと納まっていた。かと言って長い間手付かずのままというのではなく、確かに出し入れされた形跡は残っているのだが、それをまた手間をかけて元通りにした雰囲気が漂っていた。いつもは引き出しの中に無造作に入れてあったはずのネクタイピンが、定規でチェックしたように狂いなく並べられていた。その列を乱さないよう、わたしは静かに引き出しを閉めた。

郵便物は電話台の下にゴムでまとめて置いてあったが、重要な知らせは一通も届いていなかった。ほとんどがデパートやブティックからのダイレクトメールで、あとは同窓会名簿の申し込み用紙と、友人の転居通知と、カリグラフィー協会の機関誌くらいのものだった。

もうやり残したことはないだろうか。わたしは冷蔵庫からリンゴジュースを出して飲みながら考えた。部屋全体が頼りなくぼんやりとしていた。ついこの間まで自分が使っていた食器乾燥機も電気スタンドもビデオのリモコンも、よそよそしく見えた。ここで暮らしていた時の自分を思い出そうとしたが、うまくいかなかった。

不意に、何の前触れもなく、バイオリンが聞こえてきた。例のあの曲だった。びくっとしてわたしは、コップをきつく握った。

この曲なら思い出せる。最初から最後まで、正確にメロディーを口ずさむことができる。ポピー畑の中で夕暮れにたたずむ少年の姿を、よみがえらせることができる。

一刻も早く、わたしは林へ戻りたいと思った。こんなところでもたもたしている理由など何もなかった。わたしはリンゴジュースを冷蔵庫にしまい、音をたてて扉を閉め、口紅がついたコップもそのままにして、駅までの道を走った。


待っていますと言ったのに、新田氏はわたしと入れ違いに、福島へ行ってしまった。

「今度は一日か二日で帰ってきますよ。一回きりのコンサートですから。今年になって新田さんのチェンバロを使いはじめてくれた人の演奏会なんです」

薫さんは言った。

彼女は新田氏を話題にする時、余分な感情を込めない。以前から大切に暗記しておいた文章を思い出すように、主語から述語まで混乱なく喋る。冷淡というのとは違う。むしろその反対だ。空気のわずかなすき間を、控えめに流れてくる彼女の声には、温かみに似たものが含まれている。

新田氏について教えてくれるのはいつも薫さんだ。そして薫さんについて教えてくれるのは、新田氏だ。まるでこの小さな世界を、二人きりで支え合っているかのようだ。

わたしたちは二人で彼の帰りを待った。いつ見ても、彼女は違う何かをしていた。作業場で掃除機をかけているか、プレハブの中で手押しガンナの練習をしているか、銅の鍋でニカワを溶かしているか、台所でロールキャベツを作っているか、チェンバロを弾いているか……。

わたしは邪魔にならないよう気をつけながら、そばでドナと遊んだ。仕事中の薫さんは真剣な顔をしていた。唇をきつく結び、背中を丸め、頬を紅潮させていた。カンナの練習をしている時など、怯えているようにさえ見えた。

ドナは何一つ芸をしなかった。〝お手〟を教えようとしたが、面倒くさそうにじろりと目玉を動かすだけで、一向にやる気を出さなかった。

「こんなきれいな目なのに、見えないの？」

わたしが話し掛けても気づきもしない。

「世の中が全部水色に染まってるの？」

初めて見た時よりその色合いはもっと純粋になっているような気がする。

「一回わたしの目と取り替えてくれない？」

ドナは背中をもぞもぞさせ、よだれを垂らした。

薫さんの仕事が一段落つくと、わたしたちは林を散歩し、沼の縁に腰掛けてとりとめのない話をし、ペンションへ孔雀を見に行った。奥さんに頼むと快く、羽根を開かせるためのおまじないをやって見せてくれた。

夜はやはり、うちで音楽を聴いて過ごした。彼女はレコードもCDもたくさん持っていた。そして最後には『預言者エレミヤの哀歌』をかけた。

薫さんはいろいろなことをわたしに話してくれた。下宿先の旅館の家族について。初めて新田氏に会った時の様子について。ドナの本名について――それはドナテロだった――。一番好きな作曲家と俳優と食べ物について。ミッションスクールの寄宿舎にいた頃の出来事について。

しかし婚約者が殺された事件に関しては、一言も語らなかった。その近くに話題が及びそうになると、胸の息を全部吐き出し、すーっと口をつぐんだ。それだけが彼女の記憶の中で、特別に頑丈で冷たい壁に囲まれているかのようだった。

二日目の夜、新田氏は帰ってきた。薫さんの元に戻ってきた。

6

夜、図書館で借りてきた推理小説を枕元に置き、電気を消して目を閉じたとたん、どこかで奇声が聞こえた。動物にしても人間にしても、普通でない叫びだった。十五秒くらい間があって、また同じ声がした。同じトーンで、同じ異様さだった。怒鳴っているようでもあり、苦しんでいるようでもあった。

野犬か狐か熊が怪我でもしたのだろうか。こんなところに熊などいるのだろうか。しかし夜の林では、こういう予想もつかない現象が起こるものなのかもしれない。そう思って布団にもぐり込み、できるだけ耳をふさごうとした。

なのにいつまで待っても止む気配がなく、それどころか次第にこちらへ近づいてきた。どうかこのまま林の奥へ紛れていってくれますようにと祈ったのに、それは寄り道せず、真っすぐわたしのところを目指しているようだった。

どんどんボリュームは大きくなり、微妙な声の質や、下草を踏む音まで聞こえだした。そして彼は確かに言葉を叫んでいた。

「おーい。おーい」

熊などではなく、人間だった。

「おーい。開けてくれ」

男は玄関の扉を叩きはじめた。泥酔しているらしかった。

わたしは一番に新田氏を思い浮かべた。けれどあんなに美しいチェンバロを作ることのできる人が、これほどぶざまに酔っ払うとは信じられなかった。それに、新田氏にしては声が若すぎる気がした。

ならば夫だろうか。それはもっと不気味な想像だった。彼ならやりかねない。話し合おうなどと言っていたけれど、やっぱりわたしのことを許していないのだ。

もし夫だとして、自分はどうすべきなのか、わたしは懸命に考えようとした。玄関を開けるか開けないか。警察を呼んだらいいのか、いけないのか。

そのうち男は南側に回ったらしい。テラスがミシミシ鳴っていた。そのうえおもいきり例の板まで踏んだらしく、猫の悲鳴が響き渡った。

とにかくわたしは下へ降りて、もう少し正確に状況をつかもうと思った。こちらの動きを悟られないよう、時間をかけて階段を降りた。

「開けてくれ」

男はガラス戸を揺すった。今にもそれが外れてしまいそうで、怖くてたまらなかった。

わたしはソファーのかげにうずくまり、背中を丸めて両膝を抱えた。できるだけ身体を小さくしている方が安全な気がした。

「お願いだ。開けてくれ」

だんだん男は涙声になってきた。

「どうして開けてくれないんだよう。お願いだ。開けてくれよう」

涙声になっても、戸を揺する力は弱めなかった。テラスを右に左に動き、時にはガラスに体当たりしてきた。

夫じゃない、とわたしは分った。イントネーションに、この地方独特のなまりがあるのに気づいたからだ。でも、だからと言って怖さがやわらいだわけではなかった。もっと混乱が激しくなった。頭の中も内臓も手足も、全部が混乱しきっていた。

わたしは這って台所までゆき、勝手口の鍵に指を掛けた。

「頼むからさあ。どうしちゃったんだあ。どうしてなんだよう」

一瞬でも家のどこかにすき間を開けるのは怖かったが、先に男が押し入ってくるのに比べればまだ我慢できた。一度唾を飲み込んでから、わたしは鍵を回し、あとは何も考えずに裸足で勝手口を飛び出した。ガラスを叩く音が背中で続いていた。男がわたしに気づいて追い掛けてきたらと思うと、振り向くことができなかった。パジャマがあちこちの枝に引っ掛かった。柔らかいもの、固いもの、湿ったもの、わけの分らないいろいろなものを踏んだ。

新田氏のところへたどり着いた時、まぶしい光でしばらくは目が開けられなかった。

恐怖のせいか急に走ったせいか、事情を説明しようとしても唇が震えて思うように言葉が出てこなかった。わたしが落ち着くまで、新田氏は辛抱強く待ってくれた。

すべては彼がうまく処理した。わたしは明るいリビングで、坐り心地のいい椅子に身体を沈め、ただ待っているだけでよかった。彼は勇敢にも男に近づいてゆき――その時にはテラスで大の字になって寝ていたらしい――、事情を尋ねようとしたが会話にならず、顔にも見覚えがなかったので、結局警察に電話して引き取ってもらった。建物に壊れた箇所はなく、そのために警察もただの酔っ払いとして事をすませた。

「もう安心ですよ。悪意があったわけじゃなさそうだから」

戻ってくると新田氏は、一番に二階から毛布を持ってきてわたしの膝に掛けた。パトカーのサイレンが林の向こうへ遠ざかっていった。

「ごめんなさい。ご迷惑をお掛けしてしまって」

「夜中にあんな男が突然窓を叩きだしたら、誰だってびっくりしますよ」

まだ休んでいなかったのか、新田氏はチェックのシャツにジーンズ姿だった。それに気づくと急に自分の格好が恥ずかしくなり、わたしは毛布を肩まで持ち上げた。

「どうも、この先にある郵便局の息子らしいです。警官の一人がそう言ってました。酔っ払って、タクシーの運転手に放り出されて、お宅を自分の家と間違えたんでしょう」

本当はもっとお礼が言いたかったのだが、唇の震えはなかなかおさまらず、ただうなずくことしかできなかった。

戸口にあったのと、南の窓際にあったのと、二台のチェンバロが姿を消し、部屋は心持ち淋しげになっていた。一台残った白いチェンバロは蓋が開かれ、譜面台に楽譜がのり、ついさっきまで誰かが弾いていたような雰囲気を漂わせていた。

ドナはリビングと台所の境にある段ボールの中で、丸くなって眠っていた。薫さんは——夢中でここまで走ってくる間にも、もし薫さんがいたらという思いにわたしはとらわれていた——下宿に帰ったあとで姿がなかった。

次に新田氏がしてくれたのは、足の傷の消毒だった。いつのまにこれほど、と思うくらいわたしの足は傷だらけになっていた。彼はキャビネットの引き出しから救急箱を取り出し、脱脂綿を適当な大きさに丸めてピンセットでつまみ、消毒液で湿らせた。古びているが頑丈な救急箱だった。ありとあらゆる薬が詰まっていた。

「トゲは刺さっていないようだな」

独り言をつぶやきながらわたしの足を見つめ、脱脂綿でそっと傷口をなでた。彼の指は、傷が痛まないようにする最良のやり方を心得ていた。チェンバロの部品を作っている時のような、きれいな指使いだった。

わたしの足はそれに見合うくらい美しいだろうか。そう考えるとみじめな気分になり、同時に、少しでも長く彼に触れていてもらいたいと願ってもいた。

「酔っ払いは、たまらなく嫌いなんです」

わたしは言った。

「好きな人なんて、いやしませんよ」

新田氏は途中で脱脂綿を取り替えた。消毒液はどこか、懐かしい匂いがした。

「人生の一番の敵です」

「僕もしょっちゅう酔っ払います」

「最初あの人が現われた時、一瞬、新田さんかと思いました。疑ってごめんなさい」

「いくら僕でも、瑠璃子さんの家を訪問するなら、もう少し気取った方法を考えますよ」

彼は声を上げて笑った。

「さあ、これくらいでいいでしょう。まだ痛みますか？」

わたしは首を横に振った。彼は脱脂綿をごみ箱に投げ、救急箱の蓋の金具をパチンと閉めた。

昼間と同じくカーテンは開け放たれたままで、闇がすぐそこまで迫ってきていたが、新田氏がいれば怖くなかった。部屋から漏れる明かりで、木々の輪郭がぼんやり浮かび上がっていた。

「前にも一度、夜中に怪我をして、病院へ駆け込んだことがあります」

冷たい自分の足先に視線を落とし、わたしは言った。

「酔っ払った夫に、殴られたんです」

新田氏は黙ったまま、救急箱の金具をもう一度鳴らした。

「酔っ払うと、思いもよらない力が出るんですね。平手で頬を殴られたら、そのまま身体全部が宙に浮いて、部屋の隅まで飛ばされたんです。実際は後ろ向きにドタドタと転んだだけかもしれませんけど、一瞬ふっと空中を飛んだような気分になりました。それで、タンスの角に顔をぶつけたんです」

「それで？」

「内出血して、顔の左半分が倍くらいにふくれました。見とれるくらい見事に、ムクムクッと」

「……」

「見とれているうちにだんだん怖くなったんです。主人じゃなくて、自分の顔が。だから、一人で近所の病院へ走って、寝ていた先生を無理に起こしました。でもちゃんと、パジャマも着替えたし、靴もはいたんですよ。先生は不機嫌そうで、迷惑そうで、満足に診《み》もしないでなぜこうなったのか理由ばかり知りたがりました。お酒を飲んで転んだと嘘をつくと、軽蔑したように、ふんと鼻を鳴らしたんです。その態度が悲しくてわたしは泣きました。はれ上がった左の目からも涙が出てきました。夫にやられたのが辛かったからじゃありません。不思議だけれど、初対面の男に冷たくあしらわれて、それで急に涙が出てきたんです」

「怪我の具合は？」

「一晩氷で冷やせば治るって言われました。しばらく、あざは消えませんでしたけど。

きれいな黄緑色のあざでした。同じ色のアイシャドーを探してきて、しばらくはそれでまぶたを塗ってごまかしていました。でもわたしは、もっともっと重傷になりたかった。頭蓋骨が折れて、脳みそがつぶれて、目の神経が切れて、一生目が見えなくなるくらいの重傷。前にも言いましたでしょうか。夫は眼医者なんです。とにかく、重傷であればあるほど、夫と、夫の愛人に復讐できるような気がしたんです」

わたしが口をつぐむと、かわりにドナの寝息が聞こえてきた。

「新田さんがしてくれたみたいに、大事に手当てされてたら、きっと、そんな愚かな気持はわかなかったでしょうね」

わたしはもっときつく、自分に毛布を巻きつけた。いつしか震えはおさまっていたが息の詰まるような胸の苦しさは続いていた。しかしそれは恐怖からくるのではないと分った。見知らぬ男の怖さなど、もう消え失せていた。足だけでなく、身体中の隅々に、まつ毛の一本一本から一枚一枚のひだの奥まですべてに触れてほしいという願いが、胸に突き上げているのだった。

天井のステンドグラスは闇に塗りつぶされていた。テーブルの上には飲みかけのコーヒーカップや、フォークだけが残るお皿や、丸めた紙屑や、カセットテープのケースや、カッターナイフが乱雑に置いてあった。

「何か、温かいものでも飲みませんか」

わたしの息苦しさを察し、それを和らげようとでもするかのように、新田氏は立ち上がり、台所へ入っていった。

「この前奥さまが勤めている美術館へいらしたんでしょ?」

「コンサートの手伝いをしただけです」

「調弦も大事なお仕事なんですね」

「自分のチェンバロが演奏されるのを見るのは、一番の喜びですから」

「薫さんが弾いている時、新田さん、とても幸せそうに見えます」

わたしは言った。

新田氏は口をつぐんだまま、長い間じっとしていた。照れ笑いも見せなかったし、否定もしなかった。薫さんの演奏を思い出しているのかもしれないと思った。二人きりの時に彼女の名前を持ち出したことを、わたしは後悔した。

「チェンバロが鳴っている間、僕はいくら無言でいても相手を傷つけることはない。うんざりさせるような余計な一言を、もらしてしまう心配もない。誰でも僕のチェンバロの前では、信頼に満ちた眼差しと、思いやりのこもった指先を向けてくれる。つまり、そういうことなんです」

新田氏は言葉を区切り、やけどするほどに熱いミルクをすすった。ドナがごそごそ寝返りを打ったが、すぐにまた規則正しい寝息が聞こえてきた。

わたしは薫さんのようにチェンバロを弾くことができない。そのことが、重くのしかかってきた。

時計は一時を過ぎていた。月も星も見えなかった。いつ雨が落ちてきても、おかしくない夜だった。

そろそろ帰らなければいけない時間だと気づいていた。二つのカップはもう空になっていた。いつまでここにじっとしていても、彼を困惑させ、自分もみじめになるだけだというささやきと、ほんの少し手をのばせば求めるものを引き寄せられるのにというささやきと、二つの声が渦巻いていた。

「おいとましなくちゃ……」

わたしは立ち上がろうとした。肩から毛布が滑り落ちた。本当にそうしたかったからではなく、どうしていいか混乱する気持が、無意識にそんな言葉であふれ出たのだ。

「急がなくてもいい……」

押しとどめるように新田氏は、腕を前へ差し出した。

「おかわりは?」

わたしは首を横に振った。新田氏は毛布を拾い上げ、もう一度背中に掛けた。彼の手が両肩を包んだ。その感触が逃げてゆかないようにと、わたしは息を止めて祈った。祈りながら、彼の胸に顔を寄せた。

「チェンバロを、弾いてくれませんか」

わたしは言った。

「弾いてほしいんです」

彼は黙ったままだった。

今頃になって、足の傷が痛みだした。暗闇の中を走った足は冷たく痺《しび》れたままだった。

「聴きたいんです。わたしのためだけに、あなたがチェンバロを弾いてくれるのを
……」

自分でも残酷な願いを押しつけていると気づいていたが、気持をごまかすことができなかった。一度口にしてしまうと、歯止めがきかなくなって、あとからあとから彼に対する思いが込み上げてきた。

わたしたちはぎこちなく抱き合っていた。チェンバロの前で彼が見せていた肉体の表情、力強い骨格や繊細な指先やしなやかな筋肉を、今は自分の身体で味わうことができた。彼の腕が少しずつ二人のすき間を埋めようとしていた。わたしは逆らわなかった。

「そこへ腰掛けて、鍵盤に指をのせれば、すぐに音が出てくるわ。この、あなたの指を
……」

わたしは彼の左手を握った。本当の願いは、このままいつまでもこうしていることだった。なのに言葉では、わたしでなくチェンバロに触れてほしいと繰り返している。しかしどこにも矛盾などなかった。皮膚も血液も舌も鼓膜も、すべてが彼を欲していた。

それはごまかしようがなかった。

わたしたちは唇を合わせた。再び毛布が床に落ちた。椅子ががたがた動いた。静かな

口づけだった。互いのまぶたの裏に広がる暗闇を、そっと温め合うような口づけだった。彼はわたしが望むとおりのことをしてくれた。凍りついた歓びを一つ一つ呼びさましてくれた。服を脱ぐ間も、毛布に横たわる時も、一瞬もわたしたちは身体を離さなかった。怯えているのかと思うほど優しく、彼の指は動いた。鍵盤に触れるかわりに、それはわたしの身体をなぞった。チェンバロがすべてを見ていた。

7

不意に梅雨が明け、夏がやってきた。山を覆っていた靄はいつのまにか消え、湿っていた木々の葉はいっぺんに乾いた。

〝グラスホッパー〟はお客が増えて忙しくなり、近所の別荘もぼつぼつ雨戸を開けはじめたが、わたしたち三人の生活は変りなく続いていた。

酔っ払い事件はすぐ村中に広まり、雑貨屋で買物をしても、図書館に本を返しに行っても、見知らぬ人から「災難でしたねえ」と声を掛けられた。そのたびにどう答えていいか戸惑い、あいまいに愛想笑いを浮かべ、根掘り葉掘り聞かれないうちにあわててそこを立ち去った。

しばらくして、酔っ払いの本人が謝りに来た。片手に菓子折り、反対の手にほうれん草やジャガイモや玉ねぎをいっぱい提げていた。まだ顔ににきびの跡が残る、二十そこその青年だった。怖がって大騒ぎをしたのが馬鹿らしくなるくらい、始終うつむいておどおどしていた。野菜の山を置いた時、袋の口からジャガイモがゴロゴロと転がり出て玄関中に広がり、ますます恐縮して顔を赤くしていた。

新田氏は〝グラスホッパー〟の奥さんの前で、事件をちょっとした冒険談に脚色して語った。アルコールのせいとはいえ男がどれほど狂暴になっていたか、危機一髪でわたしがどんなふうに別荘を脱出したか、自分がどうやって男を取り押さえたか、新田氏は所々事実を拡大し、ユーモアを込めて話した。実際聞いてもいないのに、「開けてくれ」という男の口真似をしてみせたりもした。奥さんは同情を示しながらも、おかしくてたまらないというふうに笑った。

しかしその場に薫さんはいなかった。例の一夜のあと、はじめて薫さんと顔を合わせた時、わたしは視線をどこへ持っていったらいいのか迷った。わたしたちは二人とも、彼女がいるところで、事件の詳細については口にしなかった。彼女も質問しなかった。お互い相談したわけでもないのに、まるでそんな事件などたいした問題じゃないかのように振る舞った。

新田氏と二人だけの秘密を持てたことは、わたしにゆるぎない喜びをもたらした。あの夜起こった出来事そのものよりも、秘密を分かち合っていることの方が大切だった。三人でいる時、喜びを二人の間でかみしめ合えたら、とわたしは願った。なのにその方法が分らなかった。新田氏はただ、自分の内側の静けさに身を浸しているだけだった。

しかし彼は、チェンバロを弾かなかった。この事実が時折、わたしの胸に影のように差し込んできた。喜びを台無しにするほど狂暴ではないが、無視しようとしても必ず視界のどこかに入り、こすり落とそうとしても消えなかった。

　けれどわたしは決して深刻にはならなかった。彼と共有した一場面一場面を思い出してゆけば、すぐにまた快感を呼び戻すことができた。

　林の闇が怖くなくなった。夜仕事に熱中し、疲れてふと窓の外の暗がりに目をやる瞬間が、好きになった。わたしたちを結び付けてくれたのがこの闇だった。もうここは光の届かない深海などではなく、二人を包んでくれる、薫さんから遠ざけてくれる、手触りのいいベールだった。

　不思議と夫への後ろめたさはなかった。別荘へ来たのは夫から逃げるためではなく、新田氏と出会うためだったのだと思いはじめていた。あの夜新田氏とわたしの間で交わされた営みが、夫と繰り返してきた行為と同じものだとはとても信じられなかった。あれは二人の間にしか存在しえない、特別な時間だった。新田氏は肉体を通してわたしの心のすべてに触れた。夫は決して、わたしたちのベールをすり抜けられはしない。

　またいつ変な人が侵入してくるかもしれないので、がたがきた別荘の窓枠などを修理しようという話になった。土曜の午後、二人は一通りの大工道具と、木の板を抱えてやって来た。楽器用の上等な木材のようだった。少し遅れてドナも到着した。

「材料はいくらでも余っているんですから、気にしないで下さいね。建て付けが悪いところがあったら、遠慮なく言って下さい」

と、薫さんが言った。

「私たちの仕事の基本は、完全な平面を出すことなんです。だから、窓を直すなんて訳ありません。もしも平面が出ないと、あちこちにすき間ができる。接着が悪くなる。そうして作品の強度が失われて壊れやすくなる。という具合なんです。ね？」

彼女が同意を求めると、新田氏は含み笑いをしてうなずいた。

「ついこの間、薫さんは初めて手押しガンナの練習をして、板をガタガタにして僕に怒られたばかりです」

「怒られて、プレハブの裏で少し泣きました」

そんなことを言い合いながら、二人はテラスを作業場にして、さっそく仕事を始めた。窓をレールからはずし、カンナをかけて歪みを直し、やすりで磨き、腐った枠は全部取り替えた。新田氏は時折電動ノコギリを使うためにプレハブへ戻り、板をぴったりの寸法に切りそろえてきた。薫さんはアシスタントとして見事に立ち働いた。次の作業に必要な道具を察知して用意し、すすんで力仕事を手助けし、ゴミが出るとすぐに片づけた。

わたしはリビングのソファーに坐って彼らを眺めていた。「お手伝いしましょうか」と申し出たのだが、彼らは礼儀にかなった態度でそれを断り、自分たちがお節介でやっているのだから、どうかいつもの土曜日と同じように過ごしてほしいと言った。

窓だけではない。別荘はあちこち傷んでいた。洗面所のタイルは水漏れしているし、台所の換気扇は回らない。床下からアリが上がってくる。殺風景な居間の床を、アリが一列に横切ってゆくさまを見ていると、自分の今いる場所がはかないものに思えた。だからもっと、別荘を強固にする必要があった。そうでなければ、新田氏までがはかなく遠のいてゆくようで不安だった。

彼らが醸し出す美しく調和した世界は、いつもと変りない。チェンバロを作っている時も、バーベキューの用意をしている時も、小さな木片にカンナをかけている時も、その調和は乱れない。二人の動きは一つの波長でつながり、短い言葉と間と小さな笑いがバランスを保ち、ドナの鳴き声でさえ絶妙なアクセントになっている。

「テラスの手すりがかなり傷んでますねえ。ついでにやっておきましょうか」

新田氏がこちらに向かって叫んでいる。

「お願いします」

わたしも大きな声で答える。

彼はブルーのシャツの袖をまくり上げ、ベルトにはさんだタオルで額の汗をぬぐった。腕は日に焼けて浅黒く、どんな重いものでも持ち上げられそうにたくましく、離れていても筋肉の反応する様子が見えた。と同時に、その腕がかつてピアノを弾くためのものだった時代の名残も、ちょっとした瞬間に感じ取ることができた。

そうした身体の特徴を彼が見せてくれる時間を、わたしは愛した。これまでは必ずそこに薫さんがいた。彼女との調和の中にいる彼が、最も貴重で魅惑的だった。でも今は違う。彼女も知らない、自分だけの彼の記憶をわたしは持っている。

時折、わたしがここにいるのを確かめるように、新田氏は振り向いた。薫さんに見つかっても不自然に思われないよう、注意深くわたしは微笑みを返した。汗に濡れた腕の中へ、身を沈めたい気持にかられた。そのたびにわたしは、胸の前できつく両腕を絡ませ、自分の欲望を抑えなければならなかった。それでもなお、あらゆるすき間、くぼみ、突起、曲線を這い回った、彼の唇と指先の記憶がわたしを突き動かそうとした。

あの夜新田氏との間に何があったか、薫さんは知っているのだろうか。二人の作業を見つめている間、わたしはずっとそれについて考えていた。考えながら、その質問を頭から追い出そうとして躍起になっていた。

四時すぎにすべてが完了し、わたしたちはテラスで冷たいコーラを飲んだ。テーブルの上にはロールケーキとポテトチップスとキャンディーとピーナッツと、家中のお菓子を全部並べた。ロールケーキは酔っ払いの青年が持ってきたものだった。

ほんの少し手を加えただけで、別荘はすっかり若返ったようだった。食べ物の匂いにつられてドナもテラスに上がり、首をのばしてしきりにテーブルの上をのぞこうとした。

「月曜の朝、早起きしてみんなで湖へ行きましょうよ」

薫さんが言った。

「うん、それはいい」

新田氏が賛成した。

「手漕ぎのおんぼろですけど、一応僕のボートがあります」

「朝早いと、ほとんど人がいないんです」

「薫さんは運動選手みたいに、ぐいぐい漕ぎますよ。湖一周の記録が僕より速いんです」

「ストップウォッチを持って行って競漕するんです。私たちいつでも、真剣勝負なんですよ」

「薫さんがそんな力持ちだなんて知らなかったわ」

「このとおり日頃から、しっかり食べ込んでいますからね」

 ちょうどその時彼女は、四切れめのロールケーキを口に入れたところで、恥ずかしそうに指についたクリームをなめた。

三人の間に少しもぎこちなさはなかった。新田氏の仕草を追い掛けるわたしの視線も、彼のそばにたたずむ薫さんの控えめな様子も、自然に風景となじんでいた。秘密の記憶と欲望は、夏の光で上手に隠すことができた。

テラスの半分は影になっていたが、太陽はまだ高く、空を見上げると木漏れ日がまぶしかった。ドナはわたしの足にすり寄り、甘えた声を出しておやつをねだった。ポテトチップスを差し出すと、上手に舌ですくって食べた。掌がくすぐったかった。

「朝日が昇ったばかりの湖は素敵ですよ」

「ええ、眠気だって吹き飛びます」

二人は同時にコーラのコップを持ち上げ、氷を鳴らした。

それはきっとすばらしい朝になるに違いない。あたりは露に濡れ、空気はひんやりとし、風はない。まだ誰も乱していない平らかな水面に、わたしたちはボートを浮かべる。さざ波が広がり、やがて消えてゆく。朝日はゆるやかに風景を包む。

湖の真ん中でボートを止め、わたしたちはそれぞれの格好で静けさを味わう。両膝を抱え、水底で漂う藻を眺め、ボートの縁にもたれ、小鳥のさえずりを聞き分ける。時折、魚が跳ねる音にびくっとするが、すぐに水面は元通りになる。

薫さんの肌は、たった今開いたばかりの花びらのように柔らかい。顔の向きによって瞳の色は微妙に変り、髪の毛の一本一本が光を受け、目の動きでわたしと二人だけの会話をかわす。

新田氏は長い足を折り曲げ、わたしたちに背中を見せている。ちょっと手をのばせばすぐに届きそうで、でも本当にそうする勇気はない。そのかわりわたしは、背中に腕を回して背骨に触れたことや、胸の重みが息苦しかったことや、絡み合った足がいつまでもうずいていたことなどを思い浮かべる。

彼は指先を湖に浸す。チェンバロを作ることのできる指。何者をも傷つけたことのない指。

ドナは岸辺に寝そべっている。時々顔を持ち上げ、みんなが自分を置いてどこか遠くへ行っていないか確かめるために、鼻をひくひくさせる。そしてまた安心したように目を閉じる。

誰もが平穏の中にいる。わたしたちが胸の奥に潜ませているものたち、ピアノを弾けない指、殺された婚約者、暴力をふるう夫……そんなものなどすべて存在していないかのように思える。

「ねえ、瑠璃子さんも一緒に、ぜひ行きましょう。お迎えにまいりますから」

薫さんが言った。

「ちょっとした朝ごはんを作っていきます。今日のお礼に」

そうわたしが言うと、二人は恐縮し、素直に喜んだ。ドナはしっぽを振り、あごを膝にすり寄せ、ポテトチップスの催促をした。

しかし、すばらしい朝になるはずだったピクニックは、結局、実現しなかった。

約束の日、わたしは食料を全部バスケットに詰め、コーヒーを魔法瓶に注ぎ、食卓に坐って彼らが迎えに来てくれるのを待っていた。外は立ちこめていた靄がようやく流れはじめ、その朝最初の光が林に差し込もうとしているところだった。

時間になっても彼らはあらわれなかった。仕方なくわたしは、帰ってから片付けようと思っていた流しの食器と鍋を洗い、忘れ物がないか荷物を点検し、髪をとき直した。どんどん靄は消えてゆき、太陽は高くなっていった。

朝が終わってしまう、と思った時、電話が掛かってきた。

「ごめんなさい」

薫さんだった。

「約束を破ってしまって、ごめんなさい」

もう一度彼女は謝った。

「思いもよらないことが、急に起こってしまって、それで、出掛けられなくなったんです。もっと早くお電話すべきだったのに、いろいろ手間取っているうちに、こんな時間になっちゃって……」

妙に早口で、混乱している様子だった。

「何かあったの？」

「ええ。でも、大丈夫です。ただ、ピクニックに行ける状態じゃないというだけで……」

「今、どこから？」

「新田さんのところです」

「新田さん、具合でも悪いの？」

「いいえ。そうじゃありません。身体は元気なんです」

「わたしで何か、お役に立てるかしら。すぐに行くわ」

「ありがとうございます。本当は瑠璃子さんにご心配をおかけするような種類の問題じゃないんですけど、そう言っていただけると、とても心丈夫です。とにかく、私にもどうしていいのか、よく分らないんです」

「チェンバロのことなのね」

返事はなかったが、受話器の向こうでうなずく気配がした。

「音大に納めたチェンバロが……」

しばらくの沈黙のあと、薫さんはつぶやいた。

「戻ってきたんです。使いものにならないからって」

「どういうこと？」

「狂いが出て、修理しても修理しても、追いつかなくなったんです」

「返品されたってこと？」

注意深くわたしは言った。

「ええ。はっきり言ってしまえば、そういうことです。欠陥があったんです。たぶん、そのチェンバロを作っている過程で、新田さんにもどこか引っ掛かりがあったんじゃないかと思います。もちろんいつでも、新田さんは完全を目指して作っているんですよ。手を抜いたとか、油断したとかじゃないんです。ちょっとした偶然が悪い方、悪い方に転がって、手に負えないところまで来ちゃっただけなんです。だから、いくらでも取り返しがつくし、それ以外の作品のすばらしさが台無しになるわけでもないんです。ねえ、瑠璃子さん、信じて下さい」

薫さんの声は震えて、今にも消え入りそうだった。

「ええ、信じるわ。もちろん信じるわよ」

そうわたしは繰り返した。

ずいぶん迷ったあと、やはり新田氏の家へ行った。チェンバロに関わることなら、自分など何の手助けもできないし、むしろ邪魔になるだけだと分っていたのだが、どんな場合であれわたしは彼らのそばにいたかった。

それに、取り乱していた薫さんが心配だった。婚約者のことを打ち明けてくれた時でも、彼女はあんなふうに感情を高ぶらせたりはしなかった。

前庭にチェンバロが置いてあった。バーベキューをした石のベンチの真正面、雑草におおわれ、幾分地面が盛り上がったあたりに投げ出されていた。蓋は閉じられ、黒い脚は不安定に傾いていた。本来あるべきでない場所に置かれ、楽器は脆弱でいたわしいものに見えた。

それを見下ろすように、二人は立っていた。新田氏は腕組みをして前を見据え、薫さんは隣でうなだれていた。ドナは木屑のたまったプレハブの戸口に坐り、じっと宙を見つめていた。

彼らはわたしに気づいてはいたが、何の反応も示さなかった。親愛に満ちたいつもの笑顔はどこにもなかった。新田氏も薫さんもドナも、危うげに傾いた黒いチェンバロに吸い寄せられ、そのまま身動きできなくなっているようだった。

わたしは小道の一番端にあるカラマツにもたれかかり、朝食の入ったバスケットを根元に置いた。これ以上近寄っていくことができなかった。

新田氏はチェンバロをめがけ、斧を振り下ろした。それは一瞬の出来事だったが、時間がねじれたように、いつまでも網膜の上に映像が残っていた。楽器であふれたリビングに初めて入った時の鮮明な印象、薫さんが奏でた『やさしい訴え』、無音のままわたしと新田氏を見守っていたあの夜のチェンバロ、そんな記憶と、目の前の風景がうまく結びつかず、わたしを戸惑わせた。

確かに大きな音がしたはずだった。なのに静けさは少しも乱されていなかった。飛び散る破片や、震える薫さんの肩や、斧の刃に反射する光で、あたりに響いているだろうチェンバロの悲鳴を感じるだけだった。本物の音は時間のねじれに吸い取られているのだった。

ためらわず、幾度も幾度も、新田氏はチェンバロを破壊した。弧を描きながら高く斧を持ち上げ、力をたくわえてから一気に振り下ろした。磨きつくされた曲線も、繊細な金色の模様も、あっというまにずたずたになった。蓋の蝶番《ちょうつがい》がはずれ、響板が裂け、鍵盤が切断された。

愛するものの無残な姿を目のあたりにしているというのに、彼の表情は悲しんでもいなかったし、苦しんでもいなかった。深い湖、ちょうど今日、わたしたちが訪れるはずだった湖のように、しんとした目をしていた。

反対に身体は、荒々しくもがいていた。作業場であれほど丁寧に部品を削っていた手が、わたしの足をあれほど優しく癒してくれた手が、今では破壊のために使われていた。それを押しとどめることは、たとえ薫さんでもできないだろう。

　薫さんは泣いていた。立ったまま、両手で顔をおおい、声を出さずに泣いていた。時折指の間から、涙がこぼれ落ちた。輪郭や色合いを一粒一粒区別できるくらい、くっきりとした涙だった。いつもより、背中が小さく見えた。

　風が通り抜けると、短い髪がふわっとなびき、またすぐ元に戻った。身体中で動いているのはそこだけだった。

　こんなにも悲しげに、美しく泣く人を見るのは初めてだった。慰めてあげなくてはと思うより、いつまでもその姿を眺めていたいと思うほどだった。

　チェンバロはもう楽器だった頃の機能をすべて失っていたが、彼は手を止めなかった。息は乱れ、Tシャツは汗で濡れ、スニーカーには土と雑草がはりついていた。今までどこかに隠れていたエネルギーが、容赦なく噴出し続けていた。

　不思議に怖くはなかった。突然彼が振り向き、こちらに近寄ってきてわたしを破壊しはじめたとしても、逃げ出したりはしないだろう。むしろされるがままに身をまかせたいと願うだろう。

　わたしは泣いている薫さんがうらやましかった。彼女はいつでも、新田氏が求めるものを差し出すことができる。ノミでもカンナでもニカワでも涙でも。

　不意に動きが止まった。と同時にセミの声が一斉に耳に飛び込んできた。最初からずっと聞こえていたはずなのに、ようやくそれがうるさいほどこだましていたのに気づいた。二人の足元にはチェンバロの残骸が横たわっていた。

　二人は火をおこし、そこにかけらを一つ一つくべていった。真夏の焚火は弱々しく、煙は細く舞い上がってすぐに青空へ消えていった。日差しは強く、じっとしていても汗が流れてきた。けれどももしかしたらそれは、焚火の熱のせいだったかもしれない。

　ジャック、黒鍵、白鍵、ベントサイド、ネームボード、ブリッジ、底板、スタンド……さまざまな部品があったが、完全な形を残しているものは一つもなかった。どれも斧の刃に割られ、ざっくりと尖った輪郭になっていた。

　二人は身体を寄せ合い、背中を丸めてしゃがみ込んでいた。かけらを手に取り、ひとき掌で包んでから焚火の中へ落とした。するとその瞬間だけ、炎が赤みがかり、煙がなびいた。薫さんはもう泣いていなかった。涙で濡れ、頬が余計透き通って見えた。荒かった新田氏の呼吸もおさまっていた。彼らは等しい間を開けながら、順番に同じ動作を繰り返していった。まるで神聖な儀式のようだった。

　ドナは動こうとしなかった。後ろ足をきっちり折り曲げ、頭をまっすぐに持ち上げたままおとなしくしていた。いつになく立派な姿勢だった。舌さえはみ出していなかった。儀式に仕える従者の役目を、おおせつかっているのです、とでも言いたげだった。

　ドナでさえ自分の役割を果たしているというのに、わたしには何もすべきことがなかった。ハンカチで薫さんの濡れた頬を拭《ぬぐ》う。新田氏に慰めの言葉をかける。自分も一緒にチェンバロを燃やす。どれも空しい思いつきだった。

わたしと新田氏が身体を密着させたよりももっと強く、もっと深く、二人は結びついていた。目に見えない温もりで互いを癒し合っているのが、わたしにも分った。無理やりどちらかを引き離そうとすれば、この風景すべてがばらばらになって崩れ落ちてゆくだろう。昨日までわたしが持っていた秘密の喜びは、貧相な脱け殻となって胸の片隅に転がっていた。

薫さんが洋梨形にふくらんだ脚の先端を拾い、くべた。新田氏が弦の切れ端がついたままの木片を、くべた。残骸の山は少しずつ小さくなっていった。太陽の光に邪魔されぼやけているとはいえ、炎は確かに揺らめき続けていた。

彼らは何を燃やそうとしているのだろう。かつて自由自在にピアノを操っていた指だろうか。あるいは、恋人の死体だろうか。

彼らの姿は祈りの形に似ていた。ふとわたしの耳に、『預言者エレミヤの哀歌』がよみがえってきた。二人だけで共有している過去の時間が、煙に姿を変え、空の高いところへ運ばれていった。すばらしく青い空だった。

二人を残したまま、わたしはそこを立ち去った。

梅雨明けした最初の週末で、ゆうべは満室だったに違いないと分っていた。ちょうどお客さんがチェックアウトし、部屋を掃除しなければいけない一番忙しい時間だと知ってもいた。けれどわたしはどうしても、〝グラスホッパー〟の奥さんに会いたかった。無邪気な微笑みでわたしをリラックスさせ、混乱した気持を整理してくれる人が必要だった。このまま一人きりで、一日の残り時間を過ごすのには耐えられそうもなかった。

「あら、まあ、いらっしゃいませ」

奥さんは言った。片手に掃除機をさげ、もう片方の手に化学雑巾を持っていた。

「ごめんなさい。こんなお忙しい時間に押しかけてきたりして。勝手にお邪魔しておいて、邪魔するつもりはないなんて言うのも変ですけど、とにかくお構いなく。食堂の片隅の椅子を一脚貸してもらえたら、あとは一人で勝手にぼーっとしていますから、どうぞお仕事続けて下さい。わたしにできる用事があったら、何でも言いつけて下さい。今日一日、たっぷり時間があるんです」

一息にわたしは喋った。

人が黙々と身体を動かし、部屋をきれいにしてゆくさまを眺めていると、いくらか気分が安まった。アルバイトの男子学生二人はよく働いた。金のピアスを片耳にはめた童顔の子と、手足が細くて長い天然パーマの子だった。

二人は汚れたシーツを運び出し、布団をベランダに干し、床の隅々に掃除機をかけ、窓をふいた。動作が機敏で若々しかった。酒屋のおじさんが配達に来ると愛想よく応対し、電話はてきぱき奥さんに取り次いだ。ただ何かの拍子にわたしと目が合うと、恥ずかしそうにうつむいた。

奥さんはおもに二階を担当していたが、どこの部屋にいるかすぐ分った。彼女が動くたび、天井がミシミシきしんだからだ。わたしの周りには音があふれていた。絶えず掃除機は鳴っていたし、ドアは勢いよく開け閉めされたし、三人の足音がペンション中を駆け回っていた。時には孔雀が奇声を発した。平凡でささやかなざわめきだった。

「さあ、一段落しましたよ」

奥さんがその大きなお腹をテーブルの下におさめ、小さすぎる椅子に苦心しながらお尻を沈めると、本当に一段落したという実感がこちらにも伝わってきた。

さっきピアスの子が磨いたばかりの食卓に、わたしはバスケットから取り出した食べ物を並べた。卵サンド、ハムサンド、ツナサンド。ソーセージ、レタス、トマト、ブロッコリー。ブルーチーズ、カマンベールチーズ、クラッカー。パウンドケーキ、アップルパイ、プリン。キウイ、リンゴ、ぶどう。見事な量と種類だった。

なぜわたしがこんな食料を携えてここへやって来たのか、奥さんは尋ねなかったし、けげんな表情もしなかった。ただ身体の大きさに見合う勢いで、それらを口に運ぶだけだった。

アルバイトの二人もおいしそうに食べた。最初のうち遠慮していたが、すぐに普段の調子を取り戻した。

「こんな豪華なお昼ごはんに巡り合えるなんて、今日は運がいいですよ。いつもならゆうべのご飯でお握りを作って、あとは漬物とお茶。それだけです」

奥さんがつまむと、サンドイッチもケーキも小さく見えた。

ピアスが二本めのソーセージにかぶりつき、天然パーマがアップルパイの最後の一切れに手をのばした。奥さんは三種類のサンドイッチを、ツナ、卵、ハム、ツナ、卵、ハムの規則正しい順番で平らげていった。時間がたってしまったせいで、魔法瓶のコーヒーはぬるくなり、生野菜はしなびかけていたが、文句を言う人などいなかった。

いくら薫さんがいるとはいえ、朝のピクニックには不釣り合いな量を自分が作っていたことに、わたしはようやく気づいた。そして〝グラスホッパー〟の昼食には適切な量なのだった。

すがすがしい食欲だった。次第に奥さんの髪の生え際に、汗が浮き上がってきた。ものを飲み込むと、喉のまわりの脂肪がうねり、その波形が乳房から二の腕、おなかへと伝わって、全身が精力に満たされていくようだった。

つられてわたしもたくさん食べた。さっき見た風景を押しやるようにものを飲み込んだ。みんな他愛もないお喋りをした。中にものが残ったまま口を開こうが、げっぷが出ようが、気にしなかった。

食べているうちにだんだん、自分が今感じている苦しみの実体が、明確になってくるような気がした。つまり、焚火の前で、新田氏と何物をも共有できなかった苦しみだ。それがはっきりしたからといって、事態がどう変るわけでもなかったが、わたしを落ち着かせるだけのききめはあった。

「あー、おいしかった」

奥さんはおなかをさすった。ピアスと天然パーマは、礼儀正しくごちそうさまでしたと言った。バスケットの中身は空っぽになっていた。トマトのへたさえ消えていた。

「今日も暑くなりましたねえ」

当たり前のことを、奥さんは言った。それからエプロンの端で口元をぬぐった。

「ええ、まったく」

わたしは答えた。

窓の向こうにはハーブ畑が広がっていた。細長いの、平べったいの、とげとげしたの、いろいろな形をした葉があった。土と草の混ざり合った匂いが、ここまで流れ込んできた。相変らず空には一点のかげりもなかった。煙が見えないだろうかと目をこらしてみたが、無駄だった。稜線も飛び立つ鳥の群れも、青色に塗り込められていた。

チェンバロの葬儀は、もう終わっただろうか。

8

「こんな別荘で夏休みを過ごす暮らしなんて、私には想像もできないわ」

女は言った。皮肉でもねたみでもなく、ただ単純に羨ましくて仕方ないという言い方だった。

「父が死んでからは荒れ放題でね。もうあちこち、がたがきてるの」

女がテラスに姿を見せた時、わたしは彼女が誰なのかすぐに分ってしまった。会ったことも写真を見たこともないはずなのに、その正体をあらわす答えが、すーっと胸に浮かび上がってきた。それはたぶん、以前から、夫の愛人と自分が対面しなければならない事態が、いつかやってくるだろうと予想していたし、またそういう場面についてあれこれ想像もしていたからだと思う。

「素敵なおうちだわ。子供の頃はご家族で毎年こちらへ？」

「ええ。夏はたいてい。冬も時々」

「私なんて海水浴にさえ連れて行ってもらったことがないんですよ。ただの一日も。特急列車に乗ったこともなければ、旅館に泊まったこともない。そんな貧しい子供時代だったんです。金銭的にだけじゃなく、精神的にもね。母親が病気で長い間入退院を繰り返していたものですから。小学校一年の秋に発病して、六年の冬に死んだんです。子宮癌が腸や肝臓や膀胱や背骨や、最後には脳にまで転移して、世界中の苦痛を全部背負わされたみたいに苦しんで、結局死んじゃったんです」

最初に女はテラスに立ち、名前を告げ、突然の訪問の非礼をわびた。平凡な名前だった。中へ招き入れ、ソファーに坐った時にはもう忘れていた。

「だから子供時代の思い出の場所といったら、病院。そこしかありません。玄関に無愛想な下足番のおばさんがいて、廊下にはポリバケツや、点滴をぶら下げるスタンドや、食事を運ぶワゴンがあふれてて、歩くとスリッパの音がペタペタ響きました。病室に入ると六人の病人が一斉に私を見るんです。痩せて、目が落ちくぼんで、生気のない六つの顔が。その瞬間が一番嫌でした。六人のなかに、もし母の顔がなかったら、と思うと怖くてたまらなかったからです。私の思い出には全部、消毒液の匂いがしみついています。母が横たわっていた細長いベッドみたいに、黄ばんで所々ほつれたカーテンに、まわりをぐるっと囲まれているんです」

思ったより女は若くなかった。三十は過ぎているように見えた。ベージュのシックなワンピースに、真珠のネックレスと細い金のブレスレットをつけていた。ワンピースの裾はたっぷりとして長く、彼女の足を優雅に包んでいた。絨毯のダリアの模様の真上に、スリッパがきちんとそろえてのせられていた。

「それにしても、ここはすばらしいところだわ。もちろん私は初めて来たんですよ。地図を見るまで、こういう地名があることさえ知らなかったんです。特別名所旧跡があるわけじゃないし、観光地として洗練もされていないけど、どことなく安らげる場所ですね。木々があって、水があって、空があって、ただそれだけのことなのに。何と表現したらいいんでしょう。つまり、慈悲深さのようなものが漂っているんです。慈悲なんて言葉がこの世にあること、久しぶりに思い出したわ」

女は饒舌だった。こちらが尋ねなくても、どんどん自分一人で話を展開していった。子宮癌についてだろうが、慈悲についてだろうが、とにかく何かしら喋っていてくれた方がわたしも気が楽だった。沈黙に支配され、適切な言葉を懸命に探してくたびれ果てるより、ずっとましだった。

「あれほど消毒液の匂いに怯えていた私が、結局また病院と深く関わるようになるなんて、皮肉です」

わたしは黙っていた。

女はワンピースの裾の皺を直し、人差し指でこめかみのあたりを押さえた。ブレスレットがキラキラと肘の方に落ちてゆき、また手首に戻ってきた。

「どうして私が今日、こちらへおうかがいしたか、そのいきさつを説明しなければなりませんね」

ほうっておいても女は、喋りたいことを、自分なりのやり方で表明してゆくだろう。こちらがきっかけを与えたり、質問をさしはさんだりなどしなくても、自分のための居場所をどんどん切り開いてゆく人だ。会って数分で、わたしはそのことを理解した。だからと言って、不愉快を感じたわけではない。彼女のやり方に強引さはなかったし、むしろある種の敬意を含んでいた。そして、明らかにわたしよりも緊張していた。いくらよどみなく話し続けていようが、ちょっとした視線の動きや声のトーンに、隠しようもなくそれはあらわれていた。

「前々から一度、私たちはきちんと顔を合わせて、話をすべきではないかと思っていました。こう長い間、中途半端な状態が続いたら、お互い相手に対してよくない妄想がふくらむばかりで、ますますややこしくなると考えたからです。実際に会えば、自分の妄想よりはずっと普通の人間だと分り合えるはずです。身勝手な言い草だとお気を悪くなさらないで下さい。自分の立場を正当化しようとしているわけじゃないんです。ただ、今のままじゃ駄目だ、って痛切に感じるだけなんです。けれど、これまで一度も離婚を急《せ》かせたことはありません。本当です。今私が言っていることと離婚は、次元の違う問題です。私が離婚離婚と騒ぎ立てるのは、反則行為だし、それに何より、彼をうんざりさせるのが怖いんです」

初めて話の中に夫が登場し、女の緊張は高まったようだった。一度小さく咳払いをし、ハンドバッグからハンカチを取り出して口元に当てた。わたしは足を組み替え、次の言葉を待った。

「今日、私がここへ来ること、彼は知りません。内緒です。瑠璃子さんが家出なさったって聞いて、二人きりでお目にかかれるチャンスだと思いました。何か新しい方向が見えてくるんじゃないかという予感がしました。だから失礼を承知で、はっきりした住所も分らないのに、無謀にもやって来たんです」

「すぐに分りましたか？」

夫の愛人に向けて最初に発する質問としては、ずいぶん間が抜けていると思いながら、わたしは言った。

「ええ。タクシーの運転手さんがとても親切な人だったので、助かりました」

女はきちんとした化粧をしていた。眉は流行の形に切りそろえられ、ファンデーションはたった今塗ったばかりのように肌にフィットし、目元の小さな皺を上手に隠していた。頬骨にそってつけられた薄ピンクの影は顔色を明るくし、口紅はローズともブラウンとも赤とも言えない色で、微妙な表情を付け加えるのに役立っていた。

「私のこと、いろいろとお聞きになっていますか？　ご主人から……」

「いいえ。ほとんど何も。大学病院の視能訓練士さんだっていうことくらいかしら」

「正確に言うと、彼と知り合ってから視能訓練士の免許を取りました。その前は園芸会社の事務員をやっていました。伝票をきったり、帳簿をつけたり、お客さんにお茶を出したりする仕事です。彼と知り合った時、私とにかく夢中でしたから、少しでも彼に近づきたいと思ったんです。物理的にというより、もっと抽象的に、自分の存在すべてを彼のそばに近づけたかった。だから彼に相談もなく会社を辞めて、大学病院付属の専門学校へ通って、一年で資格を取りました。一番嫌な思い出がこもっているはずの消毒液の世界へ、舞い戻ることになったわけです」

わたしはできるだけ感情の動きを悟られないよう、テラスに集まっている小鳥たちに視線を移した。彼らは細い手すりの上を器用にジャンプし、くちばしであちこちをつついて回った。

激しい恋愛があったのだ、とわたしは思った。妻のある男を手に入れるために、彼女は自分の生活をゼロからやり直した。夫と一緒に病んだ目をのぞき込もうとした。その間わたしは何も知らず、きれいなアルファベットを描いていた。

不思議と腹は立たなかった。夫も彼女もぼんやりかすんで現実味がなかった。夫と知り合った頃、わたしはその激しい恋愛というものをしたのだろうか。したような気もする。約束の場所で彼を待つ十数分間が、一番幸せな時間だった。街を歩く時、偶然手が触れただけで胸が高鳴った。だからハンドバッグはいつも、彼のいる反対側の手で持った。電話が掛かってきそうな夜は、決してドライヤーを使わなかった。

でもそれが、何になったというのだろう。何にもならなかった。

わたしは新田氏のことを考えていた。彼の声と身体と仕草を思い出していた。

「嫉妬していた頃もあるのよ」

わたしは言った。

「彼が帰ってこない夜、車の音がするたびにびくっとしてた。どんなに遠くからでも、夫の車のエンジン音を聞き分けられるようになったわ。よく自分に賭けをしたの。五台数えるうちに帰ってきたら、笑顔で迎えてあげよう。お風呂の用意をしてあげよう。六台過ぎたら……その先は考えなかった。六台過ぎたらまた新しい賭けをするのよ。五台のうちに帰ってきたら、理由は聞かないでおこう。許してあげよう。その繰り返し」

嫉妬の話などするつもりはなかったのに、気がつくと自分でも忘れていた昔のことを、口に出していた。女は辛そうにも申し訳なさそうにもせず、ただハンカチを畳み直しただけだった。彼女は勝ち誇った気持でいるのだろうか。目の前にいる妻ではなく、自分の方が選ばれたのだという事実を、かみしめているのだろうか。

しかし話しながらわたしの心の中は、新田氏で占められていた。夫を借りて薫さんへの嫉妬を語っているのだと、自分で分った。

チェンバロを葬りながら、新田氏と薫さんは苦しんでいた。わたしと新田氏は愛し合い、快感を分ち合った。なのにわたしは、彼らの苦しみの方がうらやましかった。薫さんの涙が妬ましかった。

わたしの手の届かない場所で、彼らだけのやり方で、二人は愛し合っているのだ。そしてそれを隠そうともしない。薫さんは新田氏と一緒に耳を澄ます。木片を削る。出来上がったチェンバロを、わたしのために弾く。音色は美しければ美しいほど、残酷に響く。

夫が林の闇に入り込めないのと同じだ。新田氏と薫さんも、彼らだけのベールを持っている。

「たとえ彼がどんなに優しくしてくれたとしても、それをありのままに受け入れることができなくなったの。食事の時、ちょっと離れたところにあるドレッシングを取ってくれるとか、髪の毛についたごみを払ってくれるとか、そんな小さな優しさでさえね。同じことをあの人にもしてあげてるに違いない。そう考えてしまうの。彼の指や胸や唇が、あの人のためだけに使われている場面を想像して、勝手に苦しんだわ。あなたはさっき妄想と言ったけれど、自分にこれほど鮮明な想像力があるなんて、思いもしなかった。息づかい、影、匂い、温度、何もかもがありありと浮かんできた。自分が経験したよりも、なまめかしくね」

女は黙ってうつむいたままだった。

本当はそんなことはどうでもよかった。夫がもたらした苦しみなど、今のわたしには無意味だった。

いつのまにか小鳥たちは飛び去っていた。さえずりが消えると、あとにはセミの鳴き声だけが残った。その合間をぬって、微かに子供の歓声が聞こえた。川遊びをしているのだろうか。けれどそれは、空耳だったかもしれない。

「一つ、聞いてもいいかしら」

女はうなずいた。

「どうして、夫と知り合ったの?」

「劇場で。当日券売場の窓口に並んでいる時に。不意に声を掛けられたんです。余った切符があるので、よろしかったらどうぞ。無駄にしたくありませんから。そう、彼は言いました」

一緒に行く約束をしていた芝居だ。わたしが坐るはずだった席に、女が坐った。

どうしてあの日わたしは行かなかったのだろう。もう思い出せない。風邪でもひいたのか、カリグラフィーの教室が長引いたか、あるいはただ雨が降って、出掛けるのが億劫になっただけなのか。いずれにしても、ささいな偶然のせいだ。

「いつまでこちらに?」

女が尋ねた。

「さあ……」

わたしは答えた。

「できるだけ長く、ずっとここにいたい気もするし、それは無理なんじゃないかって感じる時もあるし」

「ご自分の別荘なんですもの。自由にお使いになれるんでしょ?」

「ええ。ただいつかは、戻らなくちゃならないでしょうね。夫のところという意味じゃないのよ。そうじゃなくて、わたしが本当に戻るべき場所へ。その時が来るのが哀しい気もする。ここで静けさに守られて、わたしの全部が許されているような平穏に、いつまでも浸っていられたら、どんなにいいだろうと思うの。でもそれはきっと無理ね。ずっと、なんて言葉、この世では意味がないんですもの」

「毎日、どんなふうに過ごしていらっしゃるのですか」

「特別、何も。ご飯を作って、カリグラフィーの仕事をして、散歩して、あとはテラスで林を眺めてるの。何時間でも、飽きずにね」

「彼は、心配してますよ」

最初、その意味がよく分らず、わたしは、えっ、と聞き返した。

「いつだって、瑠璃子さんのことを気遣っています。嫌味でも何でもなく、本心からそう言えます」

マニキュアを塗った爪を撫でながら、女は言った。彼女は彼女なりのやり方で、わたしを慰めようとしているのだろうか。風がやんで、気温がますます上がったようだったが、彼女は少しも汗をかいていなかった。むしろ指先は冷たそうに見えた。

「わたしたち、会えてよかったのかしらね」

女は絨毯のダリアに視線を落とした。考え込んでいるようでもあったし、うなずいたようでもあった。

「あなたの妄想より、少しはまともな人間であれたらうれしいわ」

「もちろん、それはそうです」

「タクシーを呼びましょうね」

「いいえ。来た時のタクシーが、ペンションの駐車場で待ってくれているんです」

「本当に親切な運転手さんね」

　わたしも彼女も初めて口元をゆるめた。

「じゃあ、ペンションまでお送りするわ」

「ありがとうございます。でも、一人で大丈夫ですから。そう言っていただけるだけで、十分なんです」

　女は立ち上がった。

　わたしと夫の間を踏みにじった女のはずだった。会ったこともないのに、しつこくわたしにまとわりついていた女のはずだった。その彼女が今目の前にいるというのに、おかしいくらい何も感じなかった。ひどく遠い場所にいる人のようだった。手をのばして触れようとしたとたん、輪郭が消えてしまいそうだった。再びその遠い場所へ帰ってゆこうとする彼女を、わたしはテラスから見送った。

　ダイニングの蛍光灯がチカチカしていた。わたしは立ち上がってスイッチを切り、かわりに流し台の小さな電球だけをともした。それだけで、余計夜が深まった気がした。一人の夕食には慣れているはずなのに、食欲がなかった。まして作る気力はわかなかった。缶詰を温め、野菜はせいぜいトマトを切るかブロッコリーをゆでるくらいで、あとは朝の残りのパンをかじった。

カリグラフィーで疲れた目には、これくらいの薄ぼんやりした明かりの方が穏やかでよかった。わたしは何度もフォークをトマトに突き刺したりした。トマトの形がだんだんに崩れてゆくさまを観察した。最後にそれは血にまみれた肉片のようになった。

台所の窓に自分の顔が映っているのが見えた。長く美容院に行っていない髪は無造作にのび、目の下には影がさし、唇の色はどんよりしていた。

新田氏が触れてくれさえすれば、肌も唇もつややかに潤むはずだった。愛撫するように、髪は彼の指の間をすり抜けてゆくはずだった。

わたしはもう一度立ち上がり、居間のラジオをつけた。野球中継が聞こえた。つまみを回すと育児相談に変った。もっと回すと、低い声の男が現在完了形について説明していた。耳に残る言葉は何一つなかった。雑音のせいか疲れているせいか、他人の声がうっとうしくて仕方なかった。わたしはスイッチを切り、食べかけの夕食をテーブルに残したまま、ソファーに坐り込んだ。

一人でいると、考えるよりほかにすることがなかった。頭を空白にしておくのが難しかった。わたしの気持にお構いなく、さまざまな情景が入り込んできた。

ソファーには、昼間女が坐っていた名残はもうなかった。女はどこかの劇場で、夫の隣に腰掛けた。本当はそこは、わたしの場所だった。わたしのために用意されたはずの空間だった。けれどそんなことを叫んでみても、耳を貸してくれる人は誰もいない。簡単なことなのだ、と思った。その椅子に誰が坐るか、たったそれだけのことなのだ。視能訓練士がカリグラファーにすり替るのに、何の労力もいらない。なのにどうして、薫さんのかわりに、わたしがチェンバロを弾くことはできないのだろう。

わたしはソファーに横たわり、身体を小さくして目を閉じた。この哀しすぎる問いが、遠ざかっていってくれるのを待った。仮死したかのようにじっとしていないと、それはいつまでもとどまり、わたしを痛めつけた。

夏の盛りのある日、ドナを預ってほしいと頼まれた。チェンバロのレコーディングに立ち合って調弦をするのと、アマチュアコンサートの手伝いをするために、五日ほど札幌へ行くというのだ。

「いつもなら僕一人で行くんですが、今度のコンサートでは薫さんがチェンバロを弾くものですから」

新田氏は言った。隣に薫さんが立っていた。二人が入っている古楽器愛好家のサークルが定期的に集まりを開いていて、今回札幌の喫茶店で演奏会があるらしい。

あの日の陰りはもうどこにも残っていなかった。斧を握っていた手は、ジーパンのポケットに突っ込まれていたし、涙で濡れていた頬には、微笑が浮かんでいた。わたしは葬儀の場面を、古い夢の一場面のように思い出した。でもあれは確かに、本当に起こった出来事だった。

「調弦って、難しいものなんですか」

「いいえ。技術そのものはそんなにいりません。演奏者がやったっていいんです。ただ敏感な楽器なので、コンサートの時でもしょっちゅう調弦が必要になります。開場前にちゃんと合わせておいても、お客さんが入ってくると、その熱気でもう音が変ってきます」

新田氏の口調はいつものとおり物静かだった。

チェンバロがどれくらいか弱い楽器か、わたしも知っている。一度斧を振り下ろしただけで、それは簡単に破壊された。

「札幌へはどうやって?」

「花巻の空港まで車で行って、あとは飛行機です」

「夏の北海道はここより涼しいのかしら。うらやましいわ」

「たぶん、スタジオにこもりっきりで、観光を楽しむ暇なんてないでしょうね。それに厳しい先生も一緒ですし。でも、とうもろこしと、カニと、ホタテと、ラーメンと、いっぱい買ってきますよ」

と、薫さんは言った。

出発の数日前、彼女は演奏の時着る洋服で悩んでいた。内輪の集まりだから大げさな用意はいらないのだが、それにしても一着しかないスーツはくたびれて流行遅れなのだと、独り言のようにつぶやいていた。

わたしは赤いワンピースのことを思い出した。家出してきた時、鞄のファスナーからはみ出していた、パーティー用のシルクのドレスだ。それは、すばらしいアイデアのように思えた。

「もしよかったら、これ、どうかしら。ちょっと前に作ったものだけど、一度しか袖を通してないし、デザインはシンプルだから今着ても十分大丈夫だと思うの」

「まあ、なんて素敵なんでしょう」

薫さんは遠慮ぎみにドレスの裾を手に取り、肌触りを味わうように何度もなでた。

「気に入ってもらえたら、薫さんに差し上げるわ」

「えっ、私に？　こんな高価なお洋服を？」

「ここにぶら下げておいたって、何の役にも立たないもの。あなたの晴舞台を手助けできたら、わたしもうれしいわ」

「まだ新品同様じゃないですか。瑠璃子さんが着られる機会だって、あるでしょ？」

「この赤色はわたしにはもう派手過ぎるわ。いつかまた着ようと思っているうちに、いつのまにか歳を取ってしまったの。薫さんになら似合うはずよ。サイズがちょっと心配だけど、縫い目は余裕があるから大丈夫。わたしが直してあげるわ。洋裁は得意なのよ。半日あればできるから、札幌行きには間に合うわね」

わたしはハンガーに掛かったままのドレスを薫さんの身体に当て、タンスの姿見に映した。思ったとおり、生地の赤い光沢が彼女の肌に映え、顔色が華やかになった。ウエストから裾にかけてのドレープは華奢な腰を包み、少し広めに開いた襟ぐりからは真っすぐな鎖骨がのぞくだろう。袖口に三個ずつ付いた黒いくるみボタンは、鍵盤の上を動く手に上品なニュアンスを与えるに違いない。

「絹って、ちょっと強く触ると溶けてしまいそう……」

うっとりしたように鏡を見つめながら、薫さんはドレスから手を離さなかった。背中のリボンをつまみ、肩パッドをつつき、裾をひらひらさせた。

「子供の頃、ピアノの発表会に着る服は全部母の手作りでした。しかも、教会のバザーで売れ残った古着を、ほどいて仕立て直したようなごわごわの。こんなかわいいドレスを着ている子がうらやましかった」

「ねえ、そんなことより、とにかく着てみて。たぶん袖とスカート丈を少し長くすればいいと思うんだけど。薫さんの方がわたしより背が高いものね」

わたしはファスナーを下ろし、ハンガーを外した。

「ひょっとしたら、ウエストもつめた方がいいかしら。薫さんだったらスマートに着こなせるわ。あっ、そうだ。これにぴったり合う真珠のネックレスがあるから、ついでに貸してあげるわね。本当はおそろいのイヤリングもあるんだけど、東京に置いてきちゃったの。ショートカットの耳元にはよく似合うデザインなのに残念。でも、あれこれ飾り立てない方が、薫さんの雰囲気には合うかもね。あと忘れているものはないかしらねえ……そうそう、靴がいるんじゃない。靴は……」

「ごめんなさい……」

わたしの言葉を彼女は途中でさえぎった。よく聞き取れないほど小さな声だった。

「ごめんなさい。やっぱり、これをいただくというわけには……」

彼女はうつむいてそう言った。わたしの頭の中では、口に出せなかった靴についての計画が渦巻いていた。

「せっかくの瑠璃子さんのお気持なのに、申し訳ありません。とても立派すぎて、わたしのチェンバロの腕には、釣り合いそうもないんです」

自分が何か取り返しのつかないひどいことをしてしまったかのように、彼女はおどおどした目をし、ゆっくりとファスナーを元に戻していった。彼女の腕の中で、ドレスはぐったりと横たわっていた。

その時わたしは気づいた。あの夜、新田氏とわたしの間に何があったか、薫さんは知っているのだと。

いいのよ、こっちが勝手に押しつけただけのことなんだから、どうぞ気にしないで、とあわてて取り繕いながら、わたしは洋服をしまい、タンスの扉をバタンと閉めた。

「薫さんがあやまることないのよ。あなたは何にも悪いことなんてしていないんだから。そう、あやまる必要なんてないの」

*

「行かないで下さい」

わたしは言った。新田氏は手にしていた紙やすりを置き、こちらを振り向いた。作業小屋の中は蒸し暑かった。いつの間にか風が止み、白樺の葉も沼の水も、しんとして動かなかった。

「札幌には、行かないでほしいんです」

彼は立ち上がり、右手を差し出してわたしに腰掛けるよう促した。けれどわたしは戸口から動かなかった。

「なぜ?」

「理由が必要ですか」

「だって出発は、明日だよ」

「だからまだ間に合うわ」

「レコーディングもコンサートも、そう簡単にキャンセルできるものじゃない。いろんな人間のスケジュールを、長い時間かけて調整して、ようやく……」

「それがどうしたって言うんですか」

わたしは彼の言葉をさえぎった。背中に強い日光が当たっていた。なのに身体の芯は、ひんやり固くなっていた。

「薫さんが、一人で行けばいいんだわ」

新田氏は何か言おうとしてためらい、眼鏡の縁に手をやって、吐息をもらした。

「調弦は誰にだってできるって、言ったじゃないですか。だったら、薫さんにやってもらえばいいのよ。ね、そうでしょう？」

「これは仕事なんだよ。何の事情もないのに取り止めたりできないし、薫さんにだって説明がつかない」

「事情ならわたしが考えます。急に心臓の具合が悪くなったとか、耳が聞こえなくなったとか、お母さんが倒れたとか、いくらだって嘘をついてあげるわ」

小屋の片隅で、扇風機が回っていた。風は戸口のところまでは届いてこなかったが、作業台の上でカンナの削り屑がふわふわと動いていた。

「わたしのそばにいて下さい。薫さんと一緒には行かないで」

たやすいことだと、わたしは自分に言い聞かせた。理由も何も必要ない。単純でありふれた願いを口にしているだけだ。

新田氏は黙っていた。眼鏡のレンズに光が反射して、表情がうまく読みとれなかった。戸惑っているようでもあったし、ただ成り行きを見守っているだけのようでもあった。胸にはいつもの静けさが満ちていた。その不透明な影や、ゆるやかな流れがこちらにも伝わってきた。

「もし行くのなら……」

これ以上黙っているのに耐えられなくなって、わたしは言った。

「ドナを殺すわ」

声の一音一音が、彼の静けさに吸い取られていった。

「ドナを殺して庭に埋める。チェンバロを燃やした、ちょうどあそこに穴を掘って葬るわ」

その時、後ろで人の気配がした。プレハブから運んできたらしい板を抱えて、薫さんが立っていた。足元にドナが寄り添っていた。

「まあ、こちらにいらしたんですか」

ついさっきわたしが口にした言葉になど気づきもしないで、薫さんは言った。

「今、瑠璃子さんのお家に寄ってきたところなの。ドナの寝床とタオルをベランダに置いておきました。あれがないと眠らないんです。明日は朝が早いので、今日のうちにお預けしておこうと思って」

いくらか息を弾ませ、感じのいい笑みを浮かべ、首筋を汗で光らせていた。彼女が普段どおりの親愛を示していることが、わたしを余計惨めな気持にした。わたしがどんなにわめこうとも、彼らの関係を揺るがすことはできないのだと、思い知らされているようだった。

「それから、お手間をかけて悪いんですけど、ドッグフードでもパンでも野菜でも、スープで柔らかく煮てやらないと食べないんです。歯がすっかり弱っているものですから」

　チェンバロの前で新田氏とわたしが何をしたか知っているのに、どうして彼女は取り乱さないのだろう。申し訳なさそうにドレスを押し戻すだけで、わたしを問い詰めようともしない。

「一日二回、食べ物さえ与えておけば、あとは放っておいても平気です。他に何か言い忘れたことはなかったかしら。ねえ」

　薫さんはわたしの向こう側にいる新田氏へ声を掛けた。触れ合おうとする二人の視線を払いのけるように、わたしは薫さんを突き飛ばし、ドナを抱き上げて林の奥に向かって走った。

　新田氏のわたしを呼ぶ声が聞こえた。よろける薫さんの姿と、板が地面に落ちる鈍い音が、掌にいつまでも残っていた。腕の中でドナはおとなしくしていた。

　沼を半周し、藪をくぐり抜け、脇道を走って小さな滝のある渓流に突き当たったところで止まった。見たことのない風景だった。腕をゆるめると、ドナはふわりと地面に降り、首輪の後ろを脚でかいた。膝がガクガクして息が苦しかった。

　人気のない林は美しかった。空の青色にまだかげりはなく、風で木の葉が翻るたび、足元に届く光も一緒にきらめいた。ひときわ高くのびたモミの木のてっぺんにちぎれ雲が掛かり、滝のまわりにはヤナギランが咲いていた。細い茎にいくつも集まった紅色の花は、ドナがしっぽを振っただけでか弱くなびいた。

走っている間中、わたしはどうやってドナを殺そうか、その方法のことばかり考えていた。昔何かの映画で、牛を殺す場面を見た。男が巨大な鉈《なた》を首に振り下ろすと、牛はガクンと脚を折り、あっけなく死んでしまった。悲鳴も上げなかったし、たいして血も流さなかった。確か納屋に薪割り用の斧があった。あれを使えばいい。ドナは牛よりずっと小さいのだから、もっと簡単にいくはずだ。あるいは、石と一緒に布袋に詰めて沼へ沈めるのはどうだろう。それならドナの顔を見なくてすむ。あの沼は深くて濁っているから、もだえ苦しむドナの声も届いてはこないだろう。そして彼と約束したとおり、チェンバロの墓を掘り返す。炭になった鍵盤やジャックやバラ窓で、死体を覆うのだ。

ドナは川の水を飲んでいた。わたしが何を考えているか探ろうともせず、なぜ自分がこんなところへ運ばれてきたのか不思議がりもせず、ただ美味しそうに舌を鳴らしているだけだった。

満足したドナは「さあ、まいりましょうか」という表情でこちらを振り向き、滝の裏側のブナ林へ歩きだした。わたしもあとをついて行った。もう道は途絶え、茂みが続くばかりだった。スカートがあちこちに引っ掛かり、サンダルが泥だらけになったが構わなかった。ここまで来たら、後戻りはできなかった。

迷わずドナは前進した。少し先まで行くと一旦立ち止まり、ちゃんとわたしがついて来ているかどうか確かめた。まるで目的地を知っているとでもいうかのようだった。

どこまでも茂みをかき分けて進んだ。ドナを見失わないよう、彼の小さなしっぽだけを見つめた。掌に残った感触を消すため、覆いかぶさってくる枝を乱暴に払いのけた。

不意に、幹のねじれた楓《かえで》が一本、目の前にあらわれた。その根元に、傾きかけ、苔むし、長い時間をかけて地面の下から這い出てきたようなお地蔵さんがまつられていた。鼻の先は欠けていたが、目にはうっすら微笑みを浮かべていた。こんな奥まったところではお参りする人もいないだろうと思えるのに、すももの実が二個供えてあった。光るほどに新鮮なすももだった。

そのお地蔵さんの後ろにある急な斜面を登りきると、かなり広い台地が開けていた。そこだけ誰かが意図的に手を加えたような、ぽっかりとした空間だった。巧みに作られた秘密の避難所のようでもあった。シダや落葉に覆われた地面には、人に踏みつけられた気配があった。空も地面と同じ形に切り取られていた。

しかし何より目を引かれたのは、真ん中にそびえ立つ欅《けやき》の木だった。すぐには植物だと気づかないくらい、巨大な欅だった。幹は大人三人がかりでも抱えられそうになく、枝はあらゆる方向に幾重にも伸び、葉がすきまなく茂っていた。どんなに首を曲げて一番てっぺんを見上げようとしても無理だった。

幹に広がる無数の斑点模様とくぼみと裂目が、樹木に重厚な表情を与えていた。所々枝からは蔓が垂れ下がり、小鳥がさえずりながら葉の間を見え隠れしていた。

やれやれというように、ドナは欅の下に寝そべり、あくびをした。顔の切り傷に、血がにじんでいた。痛そうな傷だったが、本人は気にしていなかった。早くきれいな水で洗って、消毒した方がよさそうに思えた。そう思いながら、なぜ殺そうとしている犬の心配などするのだろうと、自分に問い掛けていた。

欅の幹には大きな空洞があった。それは洞窟のように暗く、奥深かった。わたしは頭だけ傾けて、中をのぞき込んでみた。頬に冷たい空気が触れた。闇の色は濁りがなく、濃い匂いを含み、サンダルの下でかさこそ鳴る落葉の音さえ逃さず吸い込んだ。林に満ちる緑の匂いのすべてが、ここから流れ出ているような気がした。

さすがに空には夕暮れが近づこうとしていた。自分が来た方向を振り返ってみたが、ただ林がしんと広がっているだけだった。

わたしは洞窟に手をのばした。何も触れなかった。何もわたしを支えようとしなかった。ただ指先が頼りなく暗闇をさ迷うだけだった。その指先から急激に不安が押し寄せてきた。もう二度と引き返せない場所に迷い込んでしまったような気がした。斧の刃が首の骨にぶつかる音や、沼に沈んでゆく布袋の重みや、掘り返された土の匂いや、さまざまな感触が襲いかかってきた。

たまらずにわたしはドナを抱き寄せた。迷惑そうに彼はこちらを見上げた。西日に当たると、その眼球は余計神秘的に光った。彼は無防備であどけなく、暖かかった。

ドナの背中に顔を押し当てながら、わたしは新田氏が追い掛けてきてくれるのを待った。よろけて倒れた薫さんではなく、走って逃げたわたしの方を選んでくれるようにと祈った。けれどいくら待っても、林は静かなままだった。

「行かなかったんですね」

わたしは言った。新田氏は答えなかった。リビングのテーブルに新聞紙を広げ、鴨の羽根をカッターナイフで削っていた。そぎ落とされた黒い羽毛が、床に積もっていた。

「言うとおりにしてくれたんですね」

羽根の軸は白く、弓なりにカーブしていた。

「薫さんは？　一人で？」

彼らが札幌へ発つはずだったその日、一人残った新田氏を見つけた瞬間、なぜかわたしは思い描いていたほどの喜びを感じることができなかった。むしろ戸惑いの方が大きかった。無理矢理彼を薫さんから引き離して、そのあとどうするつもりだったのか、自分でも混乱していた。だから何度も口に出して、願いがかなったことを自分に言い聞かせようとした。

「今日、もしあなたがここにいなかったら、って考えると、震えるほど怖かった」

なのに新田氏は黙り続けていた。カッターナイフはたやすく軸を削ることができた。それはみるみる精巧なチェンバロの爪に変形していった。

「わたしのため？」

弦に触れる先の部分は、更にどこまでも鋭く削られた。軸の破片が新聞紙の上に落ちてゆく音だけが聞こえた。

「それとも、ドナのため？」

きのう欅の洞窟から別荘までを、上手に道案内したかわいいドナは、今わたしの部屋で眠っていた。ボロボロのタオルを両脚にはさみ、段ボールの隅で丸くなっていた。

「ドナを殺されたくなかったから？」

答えるかわりに新田氏はわたしの腕をつかみ、階段へ引っ張っていった。床の羽毛が舞い上がった。そして二階の寝室で、鴨の羽根をむしるように、わたしを裸にした。すべてが無言ですすんでいった。言葉のためのエネルギーも、肉体を支配するのに費やされた。

新田氏は決して怒ってはいなかった。むしろひたすらにわたしを求めていた。なのに自分が、破壊されているかのような気分に陥った。彼の筋肉は震えるほどに激しく動き、息をふさぎ、すぐに汗で濡れた。わたしは破壊されるチェンバロだった。

9

薫さんが帰ってきた。〝グラスホッパー〟の駐車場に車が停めてあったので、そうだと気づいた。ベッドの中で、わたしたちは一度も薫さんの名を口にしなかったから、果たして最初の日程通りに彼女が帰ってくるのか、あるいはもう二度と、戻ってはこないのか、確かめることができなかったのだ。けれどやはり、予定は変ってなどいなかった。

わたしたちはまた、三人に戻った。

薫さんがドナを引き取りに来た。

「お帰りなさい」

「お世話になりました」

「いいえ、いいのよ」

「ご迷惑じゃありませんでしたか」

「ちっとも」

「いい子にしてたかしら」

「ええ。とってもいい子だったわ」

わたしたちはドナのことしか話さなかった。自分を取り繕うのにふさわしい話題は、それ以外思い浮かばなかった。作業小屋の前で彼女を突き飛ばしたことを謝りもしなかったし、新田氏が残ったのにどうしてドナがわたしの手元にいたのか、その理由をこじつけたりもしなかった。

「それはよかった」

薫さんはテラスに膝をつき、ドナの背中をなでた。彼は興奮してしっぽを振り、顔をなめ回した。彼女はくすぐったそうに目を細め、声を出して笑った。彼だけが安全地帯だった。彼に触れているかぎり、わたしたち三人の関係は保証されていた。

そのドナを殺そうとしたことを、薫さんは知っているだろうか。たぶん知っているだろう。彼女がいるかぎり、わたしは新田氏と二人だけの秘密を持つことができない。

彼に愛されている間、わたしの心を占めていたのは薫さんだった。彼らもまた、これと同じことをするのだろうかという思いから、どうしても逃れられなかった。吐息のすき間に、まぶたの裏に、音もなく彼女はあらわれ、わたしと新田氏の姿を見ていた。新田氏の唾液が乳房を光らせたり、わたしの指が背中を這い回ったり、二人の髪が絡み合ったりするのを、まばたきもせず見つめていた。その目には苦しみも失望もなく、むしろ清麗でさえあり、音の鳴っていないチェンバロを見上げるドナの瞳のようだ。

「調弦はうまくいった？」

彼女の瞳に復讐するために、わたしは言った。

「どうにかやりました」

膝をついたまま、薫さんは答えた。

「心細かったでしょ？」

「顔見知りのスタッフがいましたから」

「コンサートは？」

「緊張しました」

「新田さんが作って、調弦したチェンバロを薫さんが弾く。それだけで素敵なコンサートになったでしょうに。あなたは遠くの町で、慎ましやかな洋服を着て、一人ぼっちでチェンバロを弾いてたのね」

薫さんは立ち上がり、身体についたドナの毛を払った。

「もう帰らなきゃ」

ドナはテラスの階段を踏みはずし、尻もちをついた。

「それじゃあ、本当にお世話になりました」

そう言ってお辞儀をし、表情を隠したまま走って行った。あわててドナもあとを追い掛けた。おかげでわたしは次に言おうとしていた言葉を口に出さないですんだ。

新田さんもあなたのチェンバロが聞きたかったと思うわ。でも彼はわたしと残る方を選んだのよ。あなたがいない間、わたしたちが何をしたか、教えてあげましょうか。

夜、ドナが大事なものを忘れて帰ったのに気づいた。段ボールとタオルの寝床セットだ。わたしはそれを届けに行った。

藍色の空に、三分の一ほど欠けた月と、またたき方の違う星がいくつも浮かんでいた。風はなかったが、昼間の暑さはしずまり、半袖のブラウス一枚では心許ないくらいの夜だった。

小豆色の屋根が見えはじめた時、わたしはチェンバロの音を聞いた。最初は錯覚かと思えるほど微かな響きだったが、一歩足を踏み出すたびにそれは確かなものになっていった。いつものとおりカーテンの開け放たれた窓には、チェンバロの鍵盤を照らすスポットライトが映っていた。薫さんだなと思った次の瞬間、わたしは自分が間違っているのに気づいた。

わたしはもう一度よく目をこらし、オレンジがかった光の中に映るものを、一つ一つ確かめていった。壁に並ぶガラス製品、スキー板、北海道へ持って行くはずだった革のトランク、数脚の椅子、フレンチ型のチェンバロの脚……。様子の違うものは何もなかった。

なのにどこかが、救いようもなく間違えていた。チェンバロを弾いているのは、新田氏だった。

かたわらに薫さんがたたずんでいた。左手で蓋の端を押さえ、右手を新田氏の椅子の背に添えていた。

わたしはドナの匂いのしみついた寝床を胸に引き寄せた。そう、ドナはどこにいるんだろう。リビングにも庭にも姿が見えなかった。光の届かない部屋の片隅か、ここからは死角になるキッチンのどこかで、うずくまっているのかもしれない。

『やさしい訴え』だった。わたしが最初に覚えた曲だ。薫さんが弾いて、新田氏が題名を教えてくれた、その同じ曲を今は彼が弾いている。

演奏のために鍵盤を叩く彼の身体は、これまでわたしに見せたことのない雰囲気を漂わせていた。作業小屋の彼とも、ベッドの中の彼とも違う。優雅に動く指、自分の音を聞き取ろうとする耳、遠くを見るような目。どれもが秘密めいた優雅さと、久々に解き放たれたのびやかさの両方を合わせ持っていた。

『やさしい訴え』は一番印象的な部分にさしかかろうとしていた。右手がふわっと宙を泳ぎ、すぐに端の鍵盤をとらえ、また左手に近づいてゆく。蓋絵に描かれた湖がライトと同じ色に染まり、闇の中で光っている。その光に反射して薫さんの横顔はよく見えないが、背もたれに置かれた手の表情から、彼女がとても幸せな気持でいるのが分る。

わたしにはまるで二人が抱き合っているかのように見えた。わたしと新田氏が肉体を結びつけた場所とは遠く離れたところで、もっと深い至福に浸っていた。彼らには肉体の快楽など必要ないのだ。そのことを、残酷にもわたしは一瞬のうちに知らされてしまった。彼らだけの営みの場所に紛れ込んでしまった自分を、哀れに思った。そして昼間薫さんに浴びせた言葉がすべて何の意味も持たなかったことに気づき、たじろいだ。わたしは玄関の脇に寝床を置いた。足音も、胸の鼓動も、段ボールの中でタオルがゴソゴソ動くのも、チェンバロの前では無力だった。そこではチェンバロの響きだけがすべてだった。とにかくわたしはその場から逃げ出した。背中で、『やさしい訴え』はクライマックスを迎えようとしていた。

夏は急速に終わりに近づいていった。空の色が薄まり、雲の流れが速くなり、テラスに遊びにくる小鳥たちの羽根の色が変った。近所の別荘は次々と雨戸を閉め、〝グラスホッパー〟もにぎわいのピークを過ぎ、アルバイトの二人は大学へ帰っていった。

薫さんのために新田氏がチェンバロを弾いていた映像は、繰り返しわたしを苦しめた。忘れようと努めても無駄だった。時間がたてばたつほど色も音も鮮やかになり、本当は見えなかったはずの薫さんの表情までが浮かんでくるようになった。彼女は振り向き、わたしに気づくと、にっこり微笑んで手招きするのだ。

たまらなくなってわたしは、元霊媒師の人生の中に逃げ込む。そこ以外、行き場がなかった。

戦争で夫を失くした元霊媒師は、幼い男の子を連れ、サマーセット州にある小さな宿屋に住み込んで働くようになる。貧しいなりに安定した生活を取り戻した頃、宿屋のキッチンで子供が顔に熱湯を浴び、大火傷をおう。両目がふさがり、口がゆがむほどのひどさで、彼女は悲嘆にくれる。ちょうどその頃霊媒師時代の仲間に再会し、貨物船の下働きの仕事を紹介される。彼女は火傷の息子を連れ、日本行きの船に乗る。——逃げ場所はどこまでいっても終わりがない。

ある朝起きたら、台所のバケツの中でねずみが死んでいた。拭き掃除をしたあと、バケツを流しの下に置いたまま片づけるのを忘れていた。夜のうちに落ちて溺れたのだろう。痩せた子供のねずみだった。

わたしは庭のアンズの根元に穴を掘った。ここの土地を買ってすぐに父が植えたアンズで、もう立派な木に生長していた。毎年春の盛りに薄ピンクの花をつけるが、今年五月に来た時にはもう散ったあとだった。

昔から何かが死ぬと、この木の下に埋めるのが習わしだった。カブト虫も、金魚も、ヤモリも、ミドリガメもここに埋めた。

新しい穴を掘る時、前に埋めた死骸が出てくるのではないかといつも心配だった。昆虫であれ魚類であれ、わたしのイメージの中で死骸というものは、落ちくぼんだ眼孔でこちらをにらみつけ、半開きになったあごから声にならない苦悶を吐き出していた。

おそるおそる土をかき分けていると、姉が言ったものだ。

「ばかねえ。こんなところにミイちゃんの死骸が残ってるわけないじゃない」

ミイちゃんとはわたしたちが飼っていたミドリガメの名前だった。

「だってついこの前埋めたばかりだもん」

わたしが反論すると姉はフンと鼻を鳴らし、あきれたように言う。

「ミイちゃんはねえ、天国に行ったのよ。だからもうここにはいないの。ここは天国の入口なんだから。大きな木の根っこには見えないところに空洞があって、それが天国に続く道になってるのよ」

姉が言うとおり、土の中には死骸などなかった。

子ねずみのためには、ほんの小さな穴を掘ればよかった。最初、スコップの先が雑草の根を切るザクザクという音がし、やがて柔らかい感触に変った。あの頃埋めた生き物たちは、本当に天国へ行けたのだろうか。わたしは土を両手ですくってみたが、甲羅のかけらも、羽根の切れ端も、うろこの一枚も出てこなかった。

ねずみは丸い目を見開いていた。雨の一しずくが落ちたような瞳だった。

「おまえも早くお行き」

わたしは穴の底に彼を横たえた。


「短い夏でしたね」

わたしは言った。

「毎年そうですよ。知らないうちに、終わっているんです」

新田氏が答えた。

わたしたちは沼のほとりの傾いた石に腰掛けていた。白樺の間をすり抜けてくる陽差しは明るかったが、真夏のきらめきはもうなかった。水草は西の端のくびれに流され、珍しく沼の水面が広々と見渡せた。翡翠《ひすい》色の水に白樺の枝と雲が映っていた。

作業小屋から出てきたばかりの新田氏のズボンには、木の削りかすがついていた。わたしがそれを払うと、彼は小さな声で「すみません」と言った。

「新しいチェンバロに、取り掛かっているんですか?」

「いいえ、まだ。そろそろ、はじめなくちゃならないんですが……」

「空気が乾いてきて、楽器にはいい季節ですものね」

「今日は楽器じゃなく、スパイスラックを作っていました。壁に掛けるタイプの」

「スパイスラック?」

「ええ。薫さんに頼まれましてね。彼女、タイムやローズマリーやパプリカや、どこからか香辛料をたくさん買い込んでくるものですから、戸棚が瓶だらけになって収拾がつかないんですよ」

彼はまだ夏の間と同じ白いTシャツを着ていた。わたしはサマーウールのカーディガンを、袖を通さず背中に羽織っていた。石のベンチは腰掛けるには安定が悪かったが、二人で上手にバランスをとった。

「朝の七時からずっと作業小屋にこもりっきりです。設計図を描いて、材料を選別して裁断して、結構本格的にやってます。食事の支度は彼女の仕事なので、台所に関しては一応彼女の希望が最優先されるきまりになっているんです」

「今日、薫さんは？」

「せっせと手紙を書いてます。札幌の演奏会でお世話になった人たちに」

「そうですか……」

「トラヴェルソっていう古いフルートとの二重奏だったんです。トラヴェルソを吹いたのが十九歳の美少年でねえ。彼の顔があまりにもきれいすぎて、それで余計緊張したって言ってました。その彼にラブレターを書いているんでしょう」

本当ならそこに、新田氏もいるはずだった。けれどわたしたちはもう、そのことには触れなかった。

わたしは新田氏がチェンバロを弾いていた夜を思い出した。楽器は一つだったけれど、あれも二重奏のようなものだった。二人だけの間で完結し閉じてゆく、秘密の演奏会だった。

札幌へ行かせなかったことを、新田氏は怒っているだろうか。いや、そんなはずがない。怒っていたのなら、あんなに激しく愛し合えるはずがない。わたしは自分に言い聞かせた。

どこからか姿をあらわしたとんぼが、翅が濡れないぎりぎりの水面を飛んでいった。その後を、黄色いつがいの蝶が追い掛けてきた。めまいがするくらい濃い黄色だった。

「作業場の新田さんを見ていると、時々思います」

わたしは言った。

「この人の手で作り出せないものなんて、世の中にないんじゃないかって」

「大げさすぎますよ。そんなことあるわけない。僕はただ、古い楽器を再現しているだけです」

新田氏は小石を拾い、沼に投げた。それはゆっくりとカーブして落ちていった。小さな翡翠の輪ができてすぐに消えた。音などしなかったのに、蝶が驚いて繁みに隠れた。

「作り出したものより、壊してきたものの方が、ずっと多い」

わたしは足元のシダをつついた。葉の裏にびっしり胞子がついていた。その下をカミキリ虫がよろけながらはっていった。

「子供の頃、工作がお好きだったんじゃありません？」

「通信簿の点は、音楽よりもよかった」

「本当に？」

「がらくたを集めてきて、何かを作ることの方が、ピアノのレッスンよりずっと楽しかった。でも母親から、カッターやかなづちを使うのを禁止されていたんです。指をけがしちゃいけないからってね。風呂から出ると母親が手をマッサージするんです。関節が柔らかくなりますように、指が長くのびますようにって、まじないでもかけるみたいに。くすぐったくて、気味が悪くて、たまらなく嫌だった」

「大事に育てられたんですね」

「ピアノがすべてに最優先されたんです。嫌いなトマトを食べるのも、本を読むのも、乾布摩擦で身体を鍛えるのも、全部ピアノのため。ピアノのためにならないことには、意味がなかった。でも僕は母親に隠れて、秘密の工房を持っていたんですよ。近所の空き地にあった、防空壕の跡にね。木の枝やら、古釘やら、空缶やらをため込んで、ロボット、飛行機、動物、武器、何でもかんでも作って一人で遊んでいた。ところがある時母親に見つかって、作品は全部川に投げ捨てられてしまったんです。一個一個作品が落ちてゆく、ポチャン、ポチャンっていう音を今でも覚えていますよ」

いつのまにかまた蝶が戻ってきた。わたしたちの話し声は柔らかい陽差しに包まれ、ひとときあたりを漂ったあと、沼の底に吸い込まれていった。

「たとえば……」

新田氏が続けた。

「スパイスラックといっても、ばかにはできません」

「ええ、もちろん、そう思います」

「ラックはラックとしての、正確さと美しさを要求してきます」

「要求とは、つまり、どういうことなんでしょう」

「瓶を出し入れするのに一番適切な寸法があるし、決まった重量に耐えられるだけの強度も必要だし、デザインは台所の雰囲気に似合うものでなくちゃならない。つまり、そういうことです。どんなささいなものにも、その存在を支える絶対的な形があります。天から許された、存在の形というものが。僕はそれを忠実になぞってゆくしかないんです」

　言葉の意味をすべて理解したわけではなかったが、わたしは何も言わずにうなずいた。彼がチェンバロのことを語っているのだと分ったからだ。

「でも時々、その形が見えなくなる。輪郭がぼやけて、手がかりが消えて、不安に陥る。迷いを持たない形のはずなのに、どうやってもそれをなぞれない。どこかがはみ出していたり、かすれていたり、うまくなじんでくれなかったりするんです。薄暗い防空壕の中で僕が探していたのも、そんな絶対的な形のロボットだったんだろうなあ」

「だから……」

　ためらいがちにわたしは口を開いた。

「だから、音大のチェンバロを、壊してしまわれたんですね」

「そうです」

　まぶしくなってきた太陽の位置を確かめるように、一度空を見上げてから彼は答えた。

「少し、歩きませんか」

　新田氏はわたしを立ち上がらせた。

　彼は何を求めているのだろう。わたしは懸命に考えようとした。安らぎだろうか。励ましだろうか。あなたならまたいくらでも、天から許されるようなチェンバロを作れるわ。消えた輪郭は必ずよみがえってくるのよ。たとえ目に見えなくても、音の記憶が残っているもの。そうよ、大丈夫よ。

けれどどんな言葉も舌を離れたとたん冷たい結晶になって、彼に届かないままわたしの胸を凍らせるだけのような気がした。葬儀の時薫さんが流した涙よりももっと優しく、彼を癒したいと願った。そうするだけの力が自分のどこかにも隠れていると信じたかった。

わたしはカーディガンの袖に手を通し、それから、ほどけないようにきつく彼の手を握った。林の奥へ歩いてゆく間中、それを離さなかった。そうするよりほかに、どうしようもなかった。

相談したわけでもないのに、この前ドナと迷い込んだ道をわたしたちは歩いていた。あれからまだ何日も過ぎていないはずなのに、渓流も滝も地面の様子も、秋の気配がした。夏の花は枯れていたし、水は冷たくなっていた。

新田氏はいろいろな種類の草や木の実や昆虫や鳥の名前を教えてくれた。ふっと思い出したように立ち止まると、手をのばして小枝を引き寄せ、そこになっている鮮やかな実の色をわたしに見せた。どこかではばたきの気配がすると、素早く人差し指を唇にあて、さえずりを聞くよううながした。

そして山にまつわる思い出話をたくさんした。ツキノワグマに出会って死にそうな思いをした話。ドナが毒きのこを食べて大騒ぎした話。沢に落ちて足を捻挫し一晩動けなかった話。自慢げな口調になることもあったし、はにかんだふうになることもあった。

薫さんが登場することもあったし、しないこともあった。

わたしは好きなだけ彼の声に浸り、横顔を見つめた。狭い木の間を通り抜ける時や渓流を渡る時は、思いきり身体を寄せた。彼の腕が肩を包むと、自分がふんわり浮き上がってゆくような気分になれた。

わたしたちの回りには誰もいなかった。追い掛けてくる人も、待っている人もいなかった。

楓の根元にあるお地蔵さんは、同じ表情で微笑んでいた。苔に覆われた額の形と鼻の欠けぐあいも同じだった。ただ二個のすももだけがなくなっていた。

「リスが持っていったのかしら。ウサギかもしれないわ」

「ここの供え物は、次に来た時必ずきれいになってる。うがい薬でも、こんにゃくでも、歯磨き粉でも」

「そんなもの、お供えするんですか？」

「試しにやってみたんです」

新田氏はさっき採ったブルーベリーの実を台座の上に五個置いた。そこは供え物をするのにちょうどいいように、心持ちくぼんでいた。

崖の上にはやはり欅の木があった。沼にいた時より風が出てきた。時折林全体を揺さぶる風の気配が、足元から吹き上げてきた。小さく切り取られた空には、いわし雲のかけらが浮かんでいた。絶えず鳥のさえずりと木々のざわめきが聞こえたが、その底に広がる圧倒的な静けさは、少しも損なわれていなかった。

「あの日、ドナと一緒にここまで来ました」

「あいつ、まだ道を覚えていたんだなあ。昔はよくこのあたりを散歩しましたが、目が悪くなってからは遠出させてないんです」

「見えるんじゃないかと思うくらい、頼もしいガイドぶりでした」

「若い頃はやんちゃな犬でね。この斜面を何回も転げ落ちて、傷だらけになって遊んでいました。鳴き声も力強かったし、目もあんなふうに濁っていなかった」

話しながらわたしたちは欅にもたれた。無数にあるはずの葉の形が、一枚一枚視界に映った。ぎざぎざして、先がピンと尖っていた。風が止んでいる時でも、どこかの枝が揺れていた。

新田氏はわたしの手を引き、幹の洞穴へ招き入れようとした。「えっ、この中へ？」と言いかけて言葉を飲み込んだまま、わたしは恐れとためらいを含んだ目で彼を見やった。

「大丈夫。何も心配することなんてない」という目で彼は振り返り、入口をくぐるために腰をかがめた。

中は思ったよりずっと奥が深く、わたしたち二人が並んでしゃがんでもまだ余裕があるくらい広かった。でもあまりに暗かったので、中の構造がどうなっているか正確につかめたわけではなかった。

それはわたしが経験したどんな種類の闇とも違っていた。光が届かないというだけでなく、その闇固有の感触を持っていた。微かな重みがあり、常にゆるやかに流れていて、身体を浸すと肌に吸い付いてくるようだった。けれど決して威圧的ではなかった。むしろ友好的だった。だからすぐに恐れとためらいは消えた。新田氏は足を折り曲げ、膝を抱えた。下はゴツゴツしていたが、坐り心地はよかった。

わたしも真似をした。

「防空壕の秘密工房以来、暗くて狭いところが好きでね」

新田氏は言った。

「時々、いらっしゃるの？」

「ええ、静かに何かを考えたい時。何も考えたくない時にも」

声は外へ出てゆかず、頭の上の方へ吸い上げられていった。手の届かない高いところまで、空洞になっているのかもしれない。

わたしたちの足先の数センチ向こう側は光の世界だった。闇と光の境目に、輪ができていた。そこから取り外して両手でつかめそうなほど、くっきりとした輪だった。

太陽も風も時間も、その輪を踏み越えて中へ入ってはこなかった。反対に闇もまた、外の世界を侵食していなかった。ここにある空気は入れ替わることなく、欅と同じ長い年月をかけて、熟成し続けているかのようだった。

「薫さんも、ここへ来たことがありますか」

洞穴では、薫さんという言葉が特別愛らしい響きで聞こえた。

「あります」

しばらく間を開けてから、新田氏は言った。

「こんなふうに、二人一緒に？」

今度はうなずく気配が伝わってきた。

「どうして、薫さんの前では、チェンバロを弾くんですか」

長い沈黙が流れた。静けさに耳を澄ませていると、自分が何を待っているのか、分らなくなってきた。わたしが待っているのは、彼の釈明などじゃなく、ただの抱擁ではないだろうかという気がしてきた。

「わたし見たんです。新田さんが薫さんに『やさしい訴え』を聴かせているのを」

わたしはそろそろと手をのばし、壁に触れた。そこは細かな凹凸があり、いくらか湿っていた。そのままじっとしていると温もりさえ伝わってきた。樹木というより、眠りに落ちた内臓のようだった。

「素敵だった。もちろん、音のよしあしを聴き分ける能力はないけれど、でもそれがどんなに特別な演奏であるかは分りました。鍵盤を作っているのと、叩いているのと、同じ指が動いているはずなのに、全然別の種類の生き物に見えました」

まだ新田氏は黙ったままだった。

「人前で弾けなくなったから、ピアニストになれなかったって、薫さんが言ってました。

聴衆だろうが指揮者だろうがディレクターだろうが、誰かがそばにいるだけで、指が動かなくなったんだって。でもあの夜、あなたは一人じゃなかった。薫さんがいたわ。あなたの隣に」

彼を責めるつもりなどなかったのに、口を開けば開くほど、薄っぺらで俗悪な言葉が出てきた。

「わたしがあれほど頼んでも、たった一つの鍵盤にさえ触れてくれなかった。なのになぜ薫さんのためには、あんなきれいな『やさしい訴え』を聴かせてあげられるの？　ねえ、答えて。お願い」

答えは望んでいないのだ。わたしがほしいのは抱擁だけなのだと言い聞かせたが、無駄だった。

「わたしだってあなたのチェンバロが聴きたかった。本当はそれだけでよかったの。傷の手当てなんかしてくれなくても、ミルクなんか温めてくれなくてもよかったの。チェンバロさえ弾いてくれたら、抱いてなんかくれなくてもよかったのよ」

嘘だ。わたしは嘘をついていた。一番大事にしているはずの彼との記憶を、自分の手で粉々にしようとしている。

わたしの声は暗闇の壁の中で、哀しげに震えていた。光の輪の向こうを小鳥が一羽飛び去っていった。どこか遠い国の情景のように見えた。

「彼女の前でなら、弾くことができる」

新田氏が言った。長すぎた沈黙のせいで、言葉が暗闇となじむまでしばらく時間がかかった。

「それは本当だ。唯一彼女だけが、僕の演奏を許す。でもそれがなぜなのか、うまく説明できない」

すぐそばにいるのに、横顔の表情は読み取れなかった。スニーカーだけがことさらに大きく近くに見えた。すり切れた紐の結び目や、ゴム底の境にたまった土や、染みの形まで見えた。

「自分でも理由が知りたいと思う。ピアニストに戻りたいからじゃない。そんなこと不可能だし、今の僕に必要なのはチェンバロだけだ。ピアノへの未練なんてみじんも残っていない。ただ理由がはっきりすれば、もっといろいろなことが分ってくる気がする。薫さんが何を僕に与えてくれているのか。それに報いるために僕が何をしたらいいのか。そういういろいろなこと……。でもやっぱり、駄目なんです」

分らないことが苦しくてならないというように、彼はため息をついた。あなたが苦しむ必要なんてないのよ、と言おうとしたが、もう手遅れだった。

「弾けなくなった最初の頃は、ちょっと休養すれば治るだろうと楽観していた。突然起こったことだったし、はっきりした原因があるわけでもないんだから、またすぐ嘘みたいに元に戻るだろうと。家内も母もそう言って僕を慰めた。でも事態は本当はもっと深刻だったんです。僕の演奏恐怖症は、休養とかリラックスとか気分転換とかで治るレベルじゃなかった。そのことが徐々にはっきりしてくる段階が、一番苦しい時期だった。僕はどうにかしてピアノを弾こうとした。一人きりなら何の問題もないんです。好きなだけ曲のイメージをふくらませ、楽譜に隠れた微妙なニュアンスを読み取り、それを指で再現することができた。演奏という行為に没頭することができた。ところが、ひとたび他人の気配を感じると、とたんに神経の回路が混乱する。イメージはしぼみ、ニュアンスは奥行を失い、音の連なりが切断される。そして恐怖が襲ってくる。比喩でも象徴でもない、実体も原因もない、恐怖という名の物質そのものが襲いかかってくるんです」

彼は一度唾を飲み込んだ。わたしは壁に当てたままの手を、彼の背中か、髪か、自分の膝か、どこに戻したらいいのか迷っていた。

「いろんな試みをしました。ドアのすきまを五センチだけ開けて、そこから家内にのぞかせたり、姿が目に入らないようタンスの中に隠れさせたり。あるいは、考えつくすべての種類の人々の前で試みました。精神科の主治医、二歳の姪、行き付けの床屋の主人、初めて通ったピアノ教室の先生、幼なじみ、そのへんを歩いていた見ず知らずの人。レッスン室にコールガールを呼んだこともあります。でも駄目だった。すべてが徒労に終わりました。そればかりか、ピアノだけじゃなく、バイオリンでもオルガンでもリコーダーでもカスタネットでも、演奏不能であることが判明したのです。こうして僕のピアニストとしての短い人生は閉ざされました。ガチャンと重い扉が落ちてくるみたいに。

完全に」

ガチャンと言う時彼は、顔の前で掌を上から下へ振り下ろした。本当に何かが動かしようもなく閉まってしまったような、びくりとする感触が走った。

「薫さんがあらわれて、二十数年ぶりに僕は、他人のために楽器というものを弾いた。不思議な気分でした。喜びや驚きよりも、不思議さの方が先だった。あれっ、どうしたんだろう。変だな。そんな感じです。あまりにも長い間演奏していなかったので、最初自分が何をしでかそうとしているのか、すぐに理解できなかったほどです。それくらい自然に、チェンバロを弾きはじめていた。彼女もそれを当たり前のように聴いていた。もうずっと昔から、二人でそうし続けてきたかのように。長い間胸の奥で冷たく固まっていたこりのようなものが、溶けていったのです。僕には分りました。彼女は決して、扉を開いたわけじゃない。僕を過去へ戻したんじゃなくて、全く新しい場所へ導いたんです。確かに扉は相変らず、僕を隔離していた。どこにもすきまはなかった。でもそんなこと、問題じゃなかった。その新しい場所で、僕はひっそりとチェンバロを弾く。ピアニストだった頃使っていたのとは違う、新しい感情と神経と筋肉を使って、彼女だけのために……」

ブナの林を風が吹き抜けていた。なのに葉がざわつく気配も、風が斜面にぶつかってこだまする音も、ここには届いてこなかった。

「わたしじゃ、駄目なんですね」

そのはきふるした質素なスニーカーに話し掛けるように、わたしは言った。

「そうだからと言って、君の存在すべてが否定されるわけじゃない。そんなことありえない」

新田氏は何度も首を横に振った。

「薫さんじゃなきゃ、駄目なんですね」

「僕が言っているのはチェンバロのことだ。ただそれだけだ」

「いいえ。そうじゃないわ」

いつのまにかわたしは泣いていた。それを悟られないように、こぶしで暗闇を叩いた。壁は揺るぎもせず、鈍い音さえたてず、ただ痛みだけが残った。

「あなたたち二人の世界は、チェンバロがすべてを支えているのよ」

繰り返しわたしはこぶしを打ちつけた。何も見えなかったけれど、身体が傷ついてゆくのが分った。皮膚が破れ、関節がゆがみ、血がにじんでゆくさまがまぶたに浮かんだ。

「やめるんだ」

新田氏が腕をつかんだ。わたしはそれを振りほどき、そこを壊さないかぎり外へは出られないとでもいうように、自分を覆う壁を叩き続けた。

わたしは預言者の歌の前で、死んだ恋人のために祈っていた薫さんを思い出した。チェンバロの葬儀を見守っていた涙を思い出した。そうした傷を癒していた、彼の『やさしい訴え』を自分の耳にもよみがえらせようとした。けれど欅の中ですべての音は、深い宙の一点に吸い込まれてゆくばかりだった。

こんな暗闇の通路を通って、子ねずみは天国へたどり着くのかしら。ふとわたしは思った。もしかしたらわたしは、台所で溺死した彼のために泣いているのかもしれない。

10

しばらく東京へ戻ることにした。新しい仕事の依頼が立て続けに入り、細かい打ち合せをしなければいけなかった。元霊媒師の自伝もそろそろクライマックスを迎え、ブックデザイナーと表紙の字体を相談する必要に迫られていた。さらに仕事の仲介者で、わたしの最初のカリグラフィーの先生でもあった人から、久しぶりに食事でもと誘われていた。

そして何より、あの二人から離れたかった。今のわたしには、彼らに語るべき言葉が何一つなかった。

あれやこれやですぐ一週間や十日は過ぎてしまいそうだった。〝グラスホッパー〟の奥さんにだけそう告げて、わたしは別荘を出た。

仕事の注文はクリスマスカードが三件と、下北沢に新しく開店するパン屋のメニューだった。カードは期限が迫っているし、枚数も多かったので、大急ぎで紙や書体やデザインを決定し、目白の画材店へ行って材料を仕入れた。パン屋の主人はドイツ人で、店はまだ内装の途中だった。壁紙の色や照明の雰囲気を尋ね、パンの種類を確認し、とりあえず何枚か見本を作ってみることになった。

あわただしい数日だった。何本も電話をかけ、いくつもの約束をし、知らない人にたくさん会った。しかもたいていの場合、事はスムーズには運ばなかった。あちこちで誤解と訂正と無駄が生じ、元来た道を逆戻りしなければいけなかった。

最初のうち、街を歩くだけで疲労した。まわりの人間が皆、わたしに対して苛立っているような気がした。人の波はわたしだけを無視して、どんどん流れていった。そこには林に満ちていた空気も匂いも音もなかった。道案内してくれるドナもいなかった。

わたしは目の前にある事項を一つ一つ片づけてゆくことに集中しようとした。この紙質にふさわしいインクはどれか。依頼人の希望するイメージに近いのはゴシック体かイタリック体か。目白から下北沢まで一番早く移動できる方法は何か。そんな具体的な問題だけで頭の中を一杯にしておいた。時には愛想笑いを浮かべ、冗談を言い、新しい注文があったらまたよろしくお願いしますと頭を下げた。そうでないと、別荘にまつわるさまざまな光景がわたしの中に忍び込んでくるのだった。

東京はまだ残暑の季節で、昼間はじっとしていても汗が出た。二日続けて雷が鳴り、通り雨が降った。わたしは大事な紙が濡れないよう、鞄を胸に抱えて街を走った。別荘と東京ではインクのにじみ具合が違っていた。ペンに含ませる適度なインクの量をつかむまで、しばらく時間がかかった。

すべての打ち合せが一段落した夜、先生が主宰するカリグラフィー教室の近くのイタリアレストランで一緒に食事をした。

「どうしたの。あんな山の中に何ヵ月も引っ込んじゃって。はやばやと隠居したのかと思ったわよ」

彼女はわたしより二十近くも年上だったが、いつもエネルギーに満ちあふれ、朗らかで気取りがなかった。

「ちょっとした気分転換です」

彼女はわたしたち夫婦の問題について多少知っているので、それ以上しつこくは追及しなかった。

「例の自叙伝、うまく進んでる？　この前婦人と電話で話したけど、とっても楽しみにしてたわ。九十六歳の誕生パーティーで親戚知人に披露するんですって」

「今のところ順調です」

「クリスマスが近づくと仕事も増えるし、別荘じゃ何かと不便じゃない？　こっちも連絡取るのに面倒だし」

「ご迷惑をおかけして申し訳ありません」

「迷惑ってほどのことでもないんだけど、急ぎの注文が入った時、あなたに仕事を回せないと私も残念で仕方ないのよ。時間がない時ほど、あなたみたいに丁寧な仕事をする人の腕が生きるんだから」

彼女は赤ワインをたっぷり口に含んで飲み込んだ。

「それに別荘って、寒いところにあるんでしょ？　私はとても我慢できないわ。神経痛持ちだし、淋しがり屋だしね」

「でも近くに、いい温泉がありますよ」

「あら、そう？　神経痛にも効く？」

「ええ、たぶん」

「長年アルファベットばっかり書いてきたつけが、あちこちに回ってきてね。あー、嫌だ嫌だ。歳なんて取るもんじゃないわ」

口紅が落ちるのも気にせず、彼女はきのこのマリネをほおばり、鰯の唐揚げに頭からかぶりつき、口元についた油をナプキンでぬぐった。

「ところで、相談があるんだけど……」

ウエイターがイカ墨のパスタとそら豆のリゾットを運んできた。わたしたちはそれを半分ずつ取り分けた。

「今度、うちの教室で通信講座を開くことになったの。教室の数を全国に増やしてゆくのが私の願いなんだけど、その前に通信講座で愛好者を獲得して、裾野を広げておかないと。前々から計画はしてたの。ただ、私も自分の技術を磨く方に一生懸命で、なかなか腰を上げられなかった。でもそろそろ、趣味娯楽の先生から脱却して、本格的な事業としてやっていきたいの。年齢的にもぎりぎりのラインまで来ちゃったしね。あなたみたいなプロもどんどん育てたい。もう、準備は進んでいるのよ。宣伝の方法とか、資金のこととか、事務的な手続きとか。それであなたには、講師として教材の作成、添削指導、機関誌の編集をやってもらいたいの。どう？」

一気に彼女は喋った。喋りながら合間に、パスタを口に運ぶのも忘れなかった。ナプキンがすぐに墨で汚れた。

わたしはワイングラスの脚をつまんだりなでたりした。テーブルクロスに水滴の染みができていた。リゾットの中に入っている、そら豆の形に似ていた。

どう？　と言ったきり彼女は、答えを待つ表情でこちらを見据えていた。細長い金のイヤリングが、耳たぶでぶらぶらしていた。

とにかくわたしはこの申し出のポイントを整理しようとした。急に東京へ戻ってきて、あわただしく仕事を片づけなければいけなかったわたしの神経は、少し混乱していた。

「でもそんな、講師だなんて。わたしにはとても無理じゃないかと……」

「あなた、独立して仕事を始める時にも、同じことを言ったわ。〝わたしにはとても無理じゃないかと……〟ってね。それ、謙遜のつもり？　自分の能力を低く見積もっておいた方が、あとで楽ですもんね。失敗したって言い訳ができるし、もしうまくいけば、うんと誉めてもらえる。それとも、〝いいえ、いいえ。あなたなら大丈夫ですとも。立派においできになりますよ〟って、おだててもらいたいの？」

彼女がとても健康的に、おいしそうにパスタを食べながら喋るおかげで、わたしはそれほど責め立てられているような気分にならずにすんだ。

「今みたいにじっくり作品だけを仕上げてゆくのも大事だけど、もうちょっと自分で努力して、仕事の場を広げてゆくことも考えてほしいの。そりゃああなたには、経済的な心配はないでしょうけど、お金の問題じゃなく、プロフェッショナル・アーティストとしてもっと貪欲になるべきじゃないかしら」

プロフェッショナル・アーティストというところだけ、特別勢い良く力を込めて発音した。イカ墨ソースがテーブルクロスに飛び散った。

「できないと思ったらできないの。できると思ったら何とかなるの。そう考えると世の中なんて単純よ。私が教室を開いた時、誰が西洋のお習字なんて習いに来ると思った？　カリフラワーだの、ガリバーだの、カルシウムだのと間違われてたのよ。それが二十年たって、今じゃ私はこれで食べてるの。誰にも文句を言われず、迷惑も掛けず、自分で自分を養ってる。ペン先一本、インク一壜を輸入するところから始めてね。趣味の延長のつもりで、単なるお小遣いかせぎのつもりで、いくら長く続けても、これ以上うまくはなれないわよ。あなた、文字の世界をもっと深く探りたいとは思わないの？　大英博物館の、息を飲むような中世の写本の数々、見たでしょ？　詩でも戯曲でも宗教書でも、探り出す世界は無数にあるのよ。ぐずぐずしている暇はないの。意識できる自分の能力なんて、ほんの一部よ。その底に実は何倍もの能力が隠れているんだから。勇気を出して、無意識の領域に挑んでいかなくちゃ」

落ちるのではないかと心配になるくらい、ますます大きくイヤリングが揺れだした。メインの羊と手長海老がやってきた。わたしは急いでリゾットの残りを食べた。

「その講座は、いつ頃からスタートするんでしょう」

彼女が一息つくのを見計らってわたしは言った。

「あなた、今日私と会って、初めて質問というものをしたわね。いい傾向よ。一歩前進。疑問を持たなきゃ何事も開けていかないもの。スタートは来年九月。一年も先かなんて油断しないで。実際に生徒にテキストと課題を送るのが九月。つまりそれまでにきちんとしたカリキュラムを組んで、教材を用意して、パンフレットを作って、お金を徴収して……もうやることは山ほどあるんだから。会社組織にするから、今までみたいな馴れ合いの契約じゃなく、あなたにも正社員になってもらいたい。技術者として、私を補佐してほしいの。経理と営業の担当者は別の専門家を雇う予定。もちろんこれまで通り、作品の制作はやってもらうわよ。アーティストとしての活動が最重視されるのは確か。お給料、労働時間、休暇、保険、その他雇用条件については、すぐにでも具体的な数字を出せるわ。事務手続きの関係で実際会社の看板を掲げるのは三月。社名は『カリグラフィー・クラブ』。だから遅くとも三月までに、入社してもらいたいの。どう？」

彼女はすぐにでも答えを聴きたい様子だった。悪い話ではなかった。むしろ幸運な展開だった。ただあまりにもそれが急激に押し寄せてきたために、神経のどこかが強《こわ》ばっているのだ。

それにもう一つ、放置してきた別荘のことがあった。別荘の何が問題なのか、自分でもうまく説明できないのだけれど、このままあそこをうち捨てておくわけにはいかないだろうという予感だけは、強くするのだった。

「とても魅力的なお話で、わたくしのような者を誘っていただいて、ありがたく思います」

「ほら、またそうやって謙遜する。あなたの悪い癖よ。ところでこれ、熱いうちに食べちゃいましょうよ。さあ、さあ」

彼女は大きい方の肉と海老をわたしの皿に移した。

「しばらく考えてから、ご返事させていただいてもいいでしょうか。考えるというよりは、今身辺をいろいろ整理しなくちゃならない状況にあるものですから、もう少し生活がすっきりしてから決心したいんです。来月中には必ずご返事いたします」

「分ったわ。こっちはそれで結構よ。あなた一人の判断で決めるっていうわけにもいかないでしょうし、ご主人とじっくり話し合ってね。いい返事を待っているわ」

彼女はローズ色に塗った爪で海老の頭をちぎり、そのままかぶりついた。オリーブオイルに濡れ、ますます爪が光ってきれいに見えた。

最低限言うべきことを言ってほっとし、わたしはワインのおかわりをした。ぐったり疲れたような、かえってそれがすがすがしいような妙な気分だった。

わたしが東京にいる間、夫は一度も家へ帰ってこなかった。あの女のマンションに、本格的に生活の場を移したのだろう。食事でも着替えでもその方が便利だし、待つ人がいなくなって、自宅へ帰らなければいけないという強迫からようやく解放されたのだ。

こうなるきっかけを作ったのはわたし自身なのだから、いまさらそのことで心を乱されはしなかった。電話のベルにいちいちびくついたり、表を通る車のエンジン音に耳をすませたりもしなかった。

家の中には、長い間人の体温から遠ざかっている様子があちこちに見られた。流しも洗面台もバスタブもカラカラに乾き、冷蔵庫の中はジャムの瓶と賞味期限の切れたチーズが並んでいるだけでがらんとし、シャッターが下りたままのガレージの壁にはうっすらかびが生えていた。

前帰ってきた時よりも、冷淡さの度合いがひどくなっているようだった。たとえあの女の手によるものだと分っていても、テーブルの上に観葉植物が飾ってあったり、タンスの洋服がたたみ直されているのを見る方がまだましだという気さえした。

わたしは家中の窓を開け、風を通し、シーツや枕カバーや玄関マットや、とにかく目についた布製品を全部日光消毒した。部屋の隅々にたまった埃を吸い取り、庭にたっぷり水をまき、ガレージのかびを洗い流した。けれどどうやっても、家にこもった冷淡さを薄めることはできなかった。

夫に会ったのは、診療所の近くの喫茶店だった。そこで、彼女の妊娠を知らされた。

店は混んでいた。わたしたちは奥まった壁ぎわのテーブルに坐っていた。細い通路をウエイトレスが忙しげに行き来した。そのたびにエプロンのフリルがテーブルの端をなでていった。

「病院の方はどう?」

「特別、問題はないよ。看護婦を一人増やして、会計士が変って、新しい機械を買って、まあ、そんなところかな」

「もうかっているのね」

「さあ、どうだか……」

夫は腕時計を見た。午後の診療がはじまるまで、あまり時間がなかった。冷房が切れているのか、蒸し暑かった。オレンジジュースの氷が半分溶けかけていた。なのに夫はスーツの上着を脱ごうともせず、熱いコーヒーをじっと唇に当てていた。

「変な酔っ払いが夜中に押し掛けて来たって、〝グラスホッパー〟の奥さんが言ってた」

「ええ。でも大丈夫。悪気はなかったみたいだから」

「田舎だから安全ってわけじゃない。用心しないと」

「鍵を全部つけ直したわ」

「これから寒くなると、ますます不便になるな」

「あっちはもう秋よ。まわりの別荘の人たちはみんな引きあげたわ」

「車の運転もできずに、雪に閉じ込められて、どうやって生活するつもりなんだ」

「〝グラスホッパー〟の奥さんが助けてくれる。すぐ近所に、困った時いつでも面倒見てくれるお家もあるし」

「買物だって何だって、そうそう〝グラスホッパー〟に迷惑かけるわけにもいかないだろう」

「そうね、わたしもそう思う」

夫はコーヒーカップを置き、わたしは薄くなったジュースを飲んだ。ウエイトレスが冷蔵庫からイチゴのショートケーキを取り出し皿にのせて運んでいった。レジが開く音と、調理場で何かが割れる音と、誰かの笑い声が一度に聞こえた。

「いつ、生まれるの？」

わたしが尋ねると、夫はかすれた声で、

「二月の終わり」

と答えた。

「寒い季節ね」

「ああ」

「あっというまに来るわ。たぶん、二月なんて」

「そうだろうな」

結婚して四、五年め。わたしが不妊治療に駆けずり回っていた頃が、夫婦にとって一番幸せな時代だったかもしれない。子供を持つという目標は、わたしたち二人が唯一共有した輝かしい幻想だった。

夫のコネのおかげで、最新の治療を優先的に受けられる幸運を、わたしは彼に感謝した。苦しい検査と落胆の繰り返しで疲労するわたしを、彼は辛抱強く慰めた。すべてのバランスが微妙にうまく保たれていた。子供のいない欠落感が、どこからか満足感を運んでくれていた。

欠落はずっとそのまま残っているのに、お互い感謝するのにも慰めるのにも、飽き飽きしてしまった。

「彼女、妊娠したことを知らせるために、別荘まで来たのかしら」

「そうだろうな、たぶん」

「でも、何も言わなかったわ」

「言えなかったんだろう。いざとなったら……」

「最後の切札として、わたしに突き付けることだってできたのに」

「そんなつもりで子供を作ったんじゃない。君を傷つける手段に子供を使ったりはしない。偶然、こうなったんだ」

「ええ。分ってるわ」

わたしは彼女の柔らかいワンピースのラインや、ハンカチを口元に当てていた仕草を思い出した。絨毯の上にきちんとそろえられたスリッパや、手首を動くブレスレットを思い出した。なのに顔は浮かんでこなかった。そこだけ薄ぼんやり靄がかかっていた。

「離婚届を、用意しておいて」

えっ、と夫が聞き返したので、わたしももう一度繰り返した。

「離婚届を……」

夫は黙ってうなずいた。カップを持ち上げようとして中が空なのに気づき、ソーサーに戻した。わたしはストローの袋を丸めて灰皿に捨てた。

「わたし、それをどこからもらってきて、どう書いたらいいのか、知らないのよ」

欅の洞窟で作った手の傷が、まだ治りきらずに残っていた。関節のところがすりむけ、血の固まりがはりついていた。痛みは消えていたが、あの暗闇の感触ははっきりとよみがえらせることができた。

「弁護士を間に立てよう。その方がいいと思う」

夫が言った。

「ええ」

わたしは答えた。

「他人にだったら、言いたいことも言える。事務的な問題もスムーズに運ぶ。これ以上余計な労力を使って、お互いをすり減らすようなことはしたくないんだ」

「そうね」

「僕の方で手配はするよ。もちろん、だからと言って僕が好き勝手に事を進めるというわけじゃない。君の主張を冷静に受け止める窓口を作るという意味だ」

「そうしてもらえると、ありがたいわ」

「いずれ、近いうちに弁護士の方から連絡を取らせる。また、別荘に戻るつもりか？」

「たぶん、そうなるでしょうね」

しばらく考えてからわたしは答えた。

「面倒を掛けて、申し訳ないんだけど」

「いや、気にすることはない。ただ、身体には気をつけて」

「ありがとう。そろそろ行かないと、診察時間に遅れるわ」

「ああ」

夫は腕時計に視線を落とし、うつむいて表情を隠したまま立ち上がった。

「じゃあ」

「ええ」

短い言葉を交わしたあと、夫は店を出ていった。後ろの方で自動扉の閉まる気配がした。ウエイトレスがテーブルの上のカップやグラスを、全部きれいに運び去っていった。

二週間ぶりに別荘へ戻ってきてみると、山は一段と秋が深まっていた。山頂のあたりはもう紅葉がはじまっていた。タクシーを降りたとたん、頬に触れる空気の張りが東京とは違うのに気づいた。

「瑠璃子さん」

誰かがわたしの名を呼んでいた。

「瑠璃子さん。こっちです。こっちです」

振り向くと、〝グラスホッパー〟のサンルームで、奥さんが手を振っているのが見えた。その後ろに、新田氏と薫さんが立っていた。

「瑠璃子さん、お帰りなさい。よかったら、ちょっと寄っていって下さいよ。一緒にお茶でも飲みましょう」

奥さんが窓を開け、手招きしていた。こんなにも無邪気な声で、何度も自分の名前が呼ばれるのを聞くのは、久しぶりのような気がした。

「ずいぶん長かったですね。もう帰ってこないのかと思いましたよ」

奥さんの背中に隠れるように、薫さんがそっと顔をのぞかせた。彼女は菱形模様の厚手のセーターを着ていた。いつのまにかその足元にドナがあらわれ、奥さんのイントネーションを真似して続けざまに三度吠えた。それに呼応して裏庭の孔雀までが鳴きだした。

「さあ、さあ、疲れたでしょう。中は暖かいですよ。ストーブが燃えていますからね。パウンドケーキがあと一切れだけ残っているんです。間に合ってよかった。もうちょっと遅かったら薫さんが食べちゃうところだった」

奥さんはこちらと部屋の中を交互に見やった。薫さんと新田氏はぎこちなくこちらに視線を向けた。待ちきれないというようにドナがテラスを駆け降り、こちらに向かって走ってきた。

「ありがとうございます。すぐ行きます」

そう叫んで、わたしも彼らに手を振った。

11

別荘での生活がまたはじまった。林は三日おきに雨が降った。冷たく静かな雨だった。リビングのソファーに坐って、アンズの木やテラスや小道の石が濡れてゆくさまを眺めた。お地蔵さまや欅が雨に打たれる姿を思い浮かべた。そうしているうちにすぐ時間が去っていった。気がつくと夕暮れで、あわてて部屋の電気をつけたことが何度かあった。眠っていたのか、ただ心が空っぽになっていただけなのか、自分でもよく区別できなかった。

クリスマスカードとパン屋のメニューの仕事は、どちらもうまくいった。一度で注文主からOKが出、仲介の先生からも感謝された。グラフィックデザインの要素を多く取り入れた前衛的なカリグラフィーではなく、言葉に重点を置いたオーソドックスな作品に仕上げた。パン屋のメニューでは壁紙と合わせたブルーがきれいに発色し、予想以上に清潔で上品なものになった。

冬に向けての準備が大事な仕事の一つになった。水道管に毛布を巻き、ストーブと煙突の掃除をし、不凍液を買い込み、といに積もった落葉を掃き出した。

〝グラスホッパー〟に頼んでいる買物の件は、これまでの管理費にプラスして、定期的に週二回お願いすることにした。奥さんは買物くらいこれまで通り、必要な時いくらでもして差し上げますよと言ってくれたのだが、いつまでも親切に甘えているわけにはいかなかった。

自叙伝の方はいよいよ終わりが見えてきた。元霊媒師親子がたどり着いた長崎の離島は隠れキリシタンの里で、島民全員が洞窟の奥に祭られた黒いマリア像を信仰していた。彼女も息子の火傷を治すため毎日洞窟で祈り続けたが、彼の顔は決して元には戻らない。やがて彼女は十五も年下の漁師と恋に落ち、島を脱出して本州へ渡る。……

だんだんアルファベットの勢いにおもしろい味が出てきた。この自叙伝と関わっている時だけ、わたしは広々とした世界へ漕ぎ出してゆくことができた。

ますますわたしはカリグラフィーに没頭していった。美しい形をしたアルファベットだけを見つめた。散歩もしなくなったし、薫さんに借りたレコードも聴かなくなった。

後悔するのが怖かったのだ。薫さんにドレスをあげようと言い出さなかったら、欅の中でなぜチェンバロを弾いてくれないのかと新田氏を責めなかったら、わたしはもっと無邪気に彼にしがみついてゆけたかもしれないのに、と。だからペンを置けなかった。

しかしわずかな救いは、二人がわたしを拒絶しなかったことだ。わたしのための場所を、慎み深くそっとあけてくれた。薫さんは小道の向こうから何か口ずさむように、跳ねるように駆けてきて、テラスの窓を遠慮気味にコツコツと叩いた。

三人の間には、以前にはなかった張りつめた空気が漂っていたが、みんなそれに気づかないふりをした。その空気を無理に払いのけようとすれば、もっと大きな崩壊がおこると知っていた。

一度三人できのこ狩りをした。新田氏も薫さんもきのこの名前をよく知っていた。落葉をかきわけ、木々の根元のすきまに生えたきのこを器用に採った。わたしは一本見つけるたびに彼らを呼んだ。するとすぐさま、「これは駄目」、「これは大丈夫」と見分けてくれた。大丈夫なきのこだけ、新田氏の背中の籠に入れた。

林にまで紅葉は広がっていた。ナナカマドが真っ赤に色づき、カラマツは黄色くなって、枝の輪郭が空に浮き立って見えるようだった。靴の裏が痛いほど、どんぐりが落ちていた。足元にまで届いてくる光は弱々しく、地面はしっとり湿っていた。

籠にいっぱいたまったきのこを家へ持って帰り、てんぷらと味噌汁とソテーにして食べた。台所には真新しいスパイスラックが掛けてあった。珍しい香辛料がいくつも並んでいた。力強く無駄のないラインを持ったラックだった。これが、天から許された存在の形というものだろうか、とわたしは思った。薫さんはそこから二、三本瓶を取り出し、ソテーに振りかけた。

また別の日には、ストーブの薪にするため、取り壊された近所の家へ材木をもらいに行った。一人暮らしの老婆が首吊り自殺をした家で、たとえバラバラになった材木でも引き取り手がいないという話だった。

「無駄に捨ててしまったら、ますますそのおばあさんがかわいそうだ。部屋を暖めるのに役立ててあげたら、喜んでくれますよ。気味が悪いなんて言う方がおかしいんです」

と言う新田氏の意見にわたしも賛成した。

小さな平屋だったらしいが、その残骸はかなりの量があった。わたしたちは適当な木を引っ張り出し、釘を抜き、電動ノコギリで切断していった。木枯らしが吹いていたのに、すぐに汗ばんできた。

出来上がった薪は二つの家で分け合った。その夜、ストーブをたきながら三人でワインを飲んだ。薫さんがチェンバロを弾いた。『小さな風車』、『シルヴァ』、『ヴィクトワール』、『スキタイ人の行進』。詩の一行を朗読するように、そっと題名をつぶやいた。たまに間違えると、「失礼」と言って弾き直した。

やはり新田氏は弾かなかった。わたしももう、頼んだりはしなかった。

「おばあさんはどうして、死のうなんて思ったんだろう」

薫さんが言った。

「独りぼっちで淋しかったのかしら」

わたしが答えた。

「でもとにかく、死にたいという希望をかなえたわけだ」

新田氏はストーブの口を開き、新しい薪をくべた。火の粉の弾ける音がした。のぞき窓にオレンジの炎が映った。

「もしかしたらそれが、おばあさんの首を支えた木かも……」

「さぞかしもろくてか細い首だったんでしょうね」

「役目を終えてほっとしてるよ」

「誰も止めてあげる人がいなかったのね」

「死ぬのは、そんなに悪いことじゃない」

新田氏は三つのグラスに二杯めのワインを注いだ。

わたしはテーブルの上に射した彼の影を指でなぞった。欅の洞穴で作った傷はもう消えていた。

あそこで彼は泣いているわたしを慰めてはくれなかった。壁を打ち付ける手首をつかんだだけだ。身体中の自由を奪うほど強い力だった。なのにわたしを身動きできなくしたあと、どう扱ったらいいのか迷うように立ちすくんでしまった。涙をふいてもくれなかったし、傷口をなめてもくれなかった。わたしたちは二人とも、お互いの気持ではなく、薫さんのことばかり考えていた。

今ここにいるのは二人だけで、聞こえているチェンバロはどこか遠くから流れてくる幻聴だとしたら……と、想像してみる。新田氏は夫から受けたあらゆる種類の痛みを消し去る方法を知っている。微笑みを含んだ視線、ささいな言葉、髪に触れようとする指、何もかもがわたしだけのために向けられる。

わたしだってすべてを許してくれる新しい場所にたどり着きたい。彼が薫さんの前で、チェンバロが弾けるのを発見したように。

あのあとも彼らは秘密の演奏会を開いただろうか。わたしとのことで、薫さんは彼を問い詰めただろうか。そして彼は言い訳をしたのだろうか。

こうしてまたわたしの想像は、薫さんに戻ってくる。

いや、彼らは決していさかいなどしはしない。二人が胸に抱えている沼はとても深いのだ。底からわき上がってくる間に言葉たちはみな意味など失い、ただ美しい響きだけが残る。

新田氏が掌でコルクを転がした。それがふとした拍子に滑り落ち、薫さんのグラスに当たって止まった。

わたしは薫さんに『やさしい訴え』をリクエストした。彼女は「はい」と返事をし、再び鍵盤に指をのせた。

こんな毎日の中で新田氏は新しいチェンバロに取り掛かった。音大のチェンバロを葬って以来、初めての製作だった。注文主は関西を中心に活躍している、若手の演奏家ということだった。

「フレミッシュと呼ばれる型の、一段鍵盤のチェンバロです」

新田氏はわたしに説明してくれた。

「一六四五年にクーシエという職人がアントワープで作ったチェンバロの複製です。ほら、こんなふうに図面が残っているんですよ。響板の厚みや、絵柄や、部品のサイズや、細かく書いてあるでしょ。これを元に当時の音を再現していくわけです」

筒状に丸めた図面を広げると、床がほとんどふさがった。その端を薫さんが押さえていた。

「まあ、これだけで一つの美術品ですね。中世の写本を見ているようだわ」

わたしは言った。

それは精密なフレスコ画のようだった。細かい線が花模様のおしべから、キーを支えるピン一本一本まで、チェンバロを成り立たせているものすべてを描き出していた。

「これを見ているだけで飽きません」

薫さんが言った。

「全体にマーブル模様をほどこして、一つの美しい石の箱をイメージさせるんです。脚もその石の固まりに似合う、重厚なデザインになります。石の箱を開けると、内側は優美な衣装箱のようになっていて、底、つまり響板には花や鳥やアラベスク模様がびっしり描き込まれているというわけなんです」

「ボディーにはポプラを使います。十年以上乾燥させたい木があるんですよ。響板は赤エゾ松です。もう木はセレクトして、削り出しにかかっています。一度平面を出しても、乾かすとまた狂ってくるので、乾かす、削るを何度も繰り返しながら木の癖を見抜いてゆきます。しばらくは地味で単調な作業が続きます」

「二人で一日中プレハブに閉じこもっておがくずにまみれてると、だんだん陰気な気分になってきますよ」

「私のカンナの使い方が危なっかしいので、新田さんをイライラさせてしまうんです」

「いや、イライラしてるんじゃない。ひやひやしてるだけだよ」

二人は交互にこれから作るチェンバロについて喋った。

「この、バラ窓のデザインもすばらしいですね。彫り込んであるアルファベットは、新田さんのイニシャルになるんですね」

わたしが尋ねると、薫さんはバラ窓の図柄がよく見えるように図面を動かしながら答えた。

「そうです。バラ窓とは別にもう一ヵ所、鍵盤の奥にネームボードがあって、そこにも製作者の名前を書き記します。図面でいうと、これになります」

薫さんはもう一度図面を動かした。そこには〝J・COUCHET〟と書いてあった。丸みを帯びた肉厚のアルファベットだった。

「製作者の名前を見つめつつ演奏することになるんですね」

「唯一、僕の存在をアピールする場所でもあります」

「字体は決められたルールがあるんですか」

「いいえ。そんなものありませんよ。音響には影響のない部分ですからね。全体の様式を壊さなければいいわけです」

「もし、不都合じゃなかったら……」

しばらく迷ってから、わたしは続けた。

「新田さんの名前を、デザインさせてもらえませんか」

今まで何度も、彼らの世界に足を踏み入れようとしてかなわなかった。いつだって少し離れた場所から、そっとのぞき見るしかできなかった。彼らを困惑させたり、うんざりさせたりすることで、自分がみじめになりたくなかった。

なのに今度は自分の望みを口に出してしまった。図面を見ているうち〝Y・NITTA〟の文字が浮かび上がってきた。石に隠された衣装箱にふさわしい字の姿を、探し出したくなった。それが唯一、わたしに許された、薫さんへの正当な復讐の方法に思えたからだ。

「チェンバロのこと、何も知らないのに、図々しいことを口走ってごめんなさい。アルファベットを前にすると、何であれ自分で書いてみたくなるの。悪い癖だわ」

「そんなことありませんよ。すばらしい思いつきじゃないですか。ねえ」

薫さんは立ち上がり、新田氏を振り返った。図面の端がくるくると丸まった。

「そうだ。どうして気づかなかったんだろう。アルファベットの専門家がこんな身近にいるのに。不都合なんてあるわけない。こちらこそお願いしますよ」

新田氏はそう言ってわたしに握手を求めた。薫さんが小さな拍手をした。

たった六文字だが、わたしとチェンバロをつなぐ糸口ができた。

その日は朝から雲がたれ込め、風が強かった。きのうまで朝晩しか燃やしていなかったストーブが、昼になっても消せなかった。厚手の靴下をはき、毛糸の膝掛を足に巻いて仕事をした。

長崎の島を脱出した元霊媒師親子と元漁師は、東京で数々の事業を興しては次々とつぶしていた。借金取りから逃げるエピソードばかりが続いた。その間彼女は三人女の子を生んだ。終わりが近づいてくるにつれ筆者も疲れたのか、文章が素っ気なくなってきた。

絶えず風の音がしていた。遠くで渦巻いているかと思うと急に庭のカラマツとアンズを揺さぶり、家中のガラス窓にぶつかって、また空の高いところへ吸い寄せられていった。作り直したばかりのテラスの手すりさえ、ぐらぐらしていた。落葉やススキの綿毛や砂粒やわけの分らない埃や、いろいろなものがベランダで舞っていた。

机の上には何枚もデッサンが散らばっていた。〝Y・NITTA〟のイメージが浮かぶたび、それを書き留めていった。ある程度本体が出来上がって、全体像がはっきりしてからでも十分間に合いますから、と新田氏には言われていたが、わたしは待ちきれなかった。細身で簡素な書体がいいか、軽やかさを持たせた方がいいか、思い切って傾斜をつけるか、いくらでも案があった。Tが二つ続くところに、アクセントを持っていきたかった。自叙伝に疲れるとスケッチブックを持ってベッドに寝転がり、風の音を聞きながら、いくつもいくつも〝Y・NITTA〟と書いた。

何気なく視線を上げた時、小道の曲がり角を駆けてくる薫さんの姿が見えた。いつもの菱形模様のセーターではなく、見慣れない混ざり毛糸のセーターを着ていた。髪が乱れてもつれ合っていた。

どこか変だとすぐに気づいた。でもなぜそう感じるのか分らなかった。彼女はあせっているようでもあり、もたもたしているようでもあった。窓辺に立つわたしの姿を見つけて何か叫んだが、風に邪魔されて聞こえなかった。窓を開け、ベランダに出た。

「瑠璃子さん」

彼女はわたしの名前を呼んでいた。どうしたの、と言おうとしてはっと気づいた。混ざり毛糸だと思ったセーターはやはりいつもの菱形模様だった。ただ血で汚れていただけなのだ。

「新田さんが、新田さんが、大変なけがを……」

わたしはすぐに下へ降りてゆき、薫さんと一緒に走った。彼はプレハブの入口にうずくまっていたが、苦しんでいる様子ではなかった。むしろ薫さんより落ち着いていた。

「すみませんね、瑠璃子さんにまでご迷惑かけて」

と言った。口元に笑みさえ浮かべようとした。

プレハブの中は血だらけだった。削られたばかりの板にも、手押しガンナの台にも血が飛び散っていた。床にたまったおがくずが血糊で固まりになっていた。その固まりの中に、動転した薫さんが踏んだのか、つぶれた新田氏の眼鏡が落ちていた。それを見てはじめて、わたしは怖くなった。

とにかくわたしたちは新田氏を〝グラスホッパー〟の駐車場まで運び、奥さんに事情を説明してから、薫さんの車で町の診療所へ急いだ。新田氏は後部座席で横になり、左手をタオルで押さえていたが、それは真っ赤に染まっていた。

彼は目を閉じていた。何か声を掛けようか、身体のどこかをさすろうか、止血用の清潔な布はないだろうかとあれこれ悩みながら、結局何をしたらいいのか分らなかった。そんなことをしてもたいして意味がないと知っていながら、額の汗をふいてあげただけだった。薫さんもハンドルを握ったまま、じっと黙っていた。

運悪く診療所に詰めていたのは内科の医者一人で、応急手当てしかできなかった。それにかなり傷口が深く、設備の整った市民病院で手術を受けた方がいいという話だった。わたしたちはまた車に乗り込み、一時間かけて市民病院まで走った。

救急受付に着くとすぐ新田氏はストレッチャーに寝かされ、処置室から手術室へ入っていった。わたしたちはそのあとを追いかけて長い廊下をうろうろし、若い医者から簡単な説明を受け、あとは長椅子に坐って手術が終わるのを待った。

「傷口を縫い合わせるだけですもの。たいした手術じゃないわ」

薫さんは黙ってうなずいた。

「神経も骨もやられてないって、先生が言ったじゃない。大丈夫よ」

しばらくの間、わたしは彼女の手を握っていた。

手押しガンナの刃で削られたのは、左手の中指と薬指だった。指先の肉と爪の一部が欠損しているが、関節にまでは及んでいないので、機能に大きな問題は残らないということだった。ただ傷口をきれいにふさいでおく必要があるらしかった。

「私がいけなかったんです」

ようやく薫さんが口を開いた。

「私が板の端をちゃんと支えていなかったから、バランスが崩れて、新田さんの指が、刃の間に……」

その瞬間を思い出したように彼女は顔をゆがめ、髪をかきむしった。初めて気づいたが、彼女の掌も血で汚れていた。どうにか助けようとして、新田氏の腕に飛び付いていったのだろうか。皺の間に黒ずんだ固まりがこびりついていた。セーターの血の跡は、半分乾きかけていた。

「誰のせいかなんてこと、みんな考えていないわよ。ちょっとけがをしただけじゃない。すぐによくなるわ」

「もし、チェンバロを作れなくなったら……」

「そんな大げさな心配してたの？　指はちゃんと動くって言われたじゃない」

「でも、削り落とされた指先は戻ってこないわ」

彼女は首を横に振り、自分の足元を見つめた。まるでその暗がりに、肉片が落ちているとでもいうかのようだった。

「それにもう、チェンバロを弾くこともできない……」

これ以上、わたしは慰めの言葉を掛けなかった。

「とても美しく、鍵盤を叩くことのできる指だったのに……」

その日の夜、わたしたちは病院から帰ってきた。彼の左手は包帯でぐるぐる巻きにされ、首から吊り下げられていた。一週間で抜糸をし、あとは一ヵ月くらい安静にしていれば治るという診断だった。痛みをやわらげるための薬がたくさん出た。〝グラスホッパー〟の奥さんが夕食の用意をしてくれていた。薬のせいであまり食欲のない新田氏はおかゆを食べた。

「一日中振り回してしまって、申し訳ありませんでした」

新田氏は言った。

「びっくりさせて悪かったね。もう平気だから、心配しなくていいよ。かなりきつい鎮痛剤みたいで眠くて仕方ないから、今日はもう寝るよ。君も下宿へ帰ってゆっくり休みなさい」

そう、薫さんにも声を掛けた。そして二階の寝室へ上がっていった。

わたしたちは夕食の後片づけをし、ドナを寝床へ入れ、熱いお茶を飲んだ。知らないうちに風は止んでいた。

「明日の朝は冷え込みそうね」

わたしは言った。ええ、と薫さんは答えた。チェンバロは蓋が閉じられ、鍵盤を照らすスポットライトも消えていた。

「下宿に帰るのが面倒だったら、家へ泊まってもいいのよ」

「ありがとうございます。でも今日は帰ります。服も着替えなくちゃいけないし」

「そうね」

二階の邪魔にならないよう、わたしたちは小さな声で喋った。

薫さんの混乱はまだおさまっていないようだった。何か言い出そうとして口をつぐんだり、不安げに窓の向こうの暗闇を見やったり、自分の髪の毛を何度もなでたりした。

「眼鏡を直さなくちゃ」

薫さんがつぶやいた。

「壊れちゃったんです」

「そんなもの、すぐに作れるわ。主人が眼医者だから、眼鏡についてはわたしも詳しいのよ」

「不思議なんです。顔からはずれて、ふあっと宙に飛んで、ゆっくり落ちていったんです」

「そうだ。市民病院に眼科もあったじゃない。今度診察を受ける時、ついでに視力も測ってもらえばいいのよ。ね?」

「そうですね」

彼女はお茶をすすり、また髪の毛をいじった。

二階はコトリとも音がしなかった。ドナが歯をカチカチと鳴らし、寝返りをうった。

部屋には昼間あわただしく出掛けた様子が残っていた。足踏みオルガンの上にランニングシャツが脱ぎ捨ててあり、工具箱の中身が床に散乱し、キャビネットの二段めの引き出しが開いたままになっていた。

「怖かったんです」

いくらストーブを燃やしても彼女の顔色には赤みが戻らなかった。頬のほくろが透明な氷の中に沈んでいるように見えた。

「ええ、誰だってびっくりするわ。あんなに血が出たんですもの」

わたしは言った。

「とっても怖かったんです。また、大事なものを失ってしまうんじゃないかと思って」

わたしは椅子をずらして彼女に近づき、背中に腕を回した。

「足がすくんで、寒気がして、どうしようもなくなって、ただ瑠璃子さんの家へ走るしかできなかったの」

彼女の肩ははっとするほど細く、わたしの腕の中にすっぽりとおさまった。

「あなたはちゃんと役目を果たしたわ。保険証を持ってきて、車を運転して、順序よくお医者さんに事情を説明できたじゃない」

「これ以上、失うのはいやなんです」

　薫さんは何度も首を横に振った。セーターの下から、少しずつ体温が伝わってきた。

「あなたは何も失ってなんかいない」

「血を見た時、思い出したんです。フィアンセが殺された日のことを。浴室をのぞいた時の恐ろしさを。同じ色をしてたから。同じにおいがしたから」

「大丈夫よ。大丈夫。怖がることなんてないわ」

「事件の次の日、その場所に行ったんです。初めて見るアパート。薄暗いコンクリートの廊下があって、ほこりっぽい洗濯機が並んでて、その一番奥の部屋。途中でおばあさんとすれ違った。気の毒そうな目で私を見たわ。ドアノブにピンクのチェックのカバーがかぶせてあって、それが手垢で汚れてた」

　遠い記憶をたぐり寄せる口調ではなかった。すぐ目の前にある情景を、描写しているようだった。

「私はすぐに女を探したの。彼を刺した女を。でも、いなかった。もうどこかへ連れて行かれたあとだった。ばかね。そんなの当たり前じゃない。だって人を殺したんだもの。ね、そうでしょ?」

　彼女はわたしを見上げた。できるだけ身体を小さく丸め、腕の中におさまろうとしていた。わたしはうなずいた。

「なんであそこへ行ったりしたんだろう。何の得にもなりはしないのに。もっと自分を苦しめようとしたの。愚かだわ」

薫さんはわたしの腕の中にできた、小さな空洞に向かって喋った。決して取り乱してはいなかった。ただその空洞にうずくまり、恐れが過ぎ去ってゆくのを待っているだけだった。

「部屋はきれいに片づいてた。きっと几帳面な人だったんだわ。水屋があって、状差しがあって、ミシンがあった。どれもちっちゃく見えた。ままごとの道具みたいに。なぜかしら。分らない。裁縫箱の横に酸素ボンベがあった。それだけがとても大きく、黒光りして、堂々としてた」

体温と一緒にその部屋の空気も伝わってきた。見たこともないはずの酸素ボンベの形や、重みや、手触りが浮かんできた。

「彼は福祉局に勤めてたんです。喘息《ぜんそく》持ちで生活保護を受けてた彼女のところに、毎月面接に通ってたの。情人の関係にあったようですって、刑事が言ったわ。どうしてそんな古風な言葉を使うのか不思議に思った。本当はもっと別のことを考えるべきなのに、情人っていう言葉だけが耳に引っ掛かったの。彼がこの部屋にいる様子を想像してみようとしたわ。卓袱台《ちゃぶだい》にひじをついたり、畳に寝転がったり、ボンベのレバーを回したりしている姿。でもだめだった。どうしても想像できなかった。うそよ、うそよって自分に言い聞かせながら浴室をのぞいたわ。陰気なお風呂場だった。換気扇も天井もシャワーのノズルも、黴《かび》で黒ずんでた。青い洗面器の縁が欠けてたわ。最初、石けん受けが目に入った。石けんが一個のってた。そのお風呂場には似合わない、まっさらの、真っ白い、上等な石けん」

とにかくわたしは彼女の話に耳を傾けた。無理に黙らせようとしたり、余計な質問をしたりせず、抱え込んだ言葉が全部流れ出てくるまで待とうと思った。薫さんと一緒に自分も、その薄暗い浴室に身を置こうとした。

「静かだった。何の物音もしなかった。人が殺されたっていうのに、そこに死体が横たわっていたっていうのに、浴室はただしんとしてるだけ。傷は全部で二十七ヵ所あったの。何もかも刑事さんが教えてくれたわ。最初の一撃は背中で、肺にまで達してた。致命傷になったのは左の胸から脇腹にかけての傷。肝臓が真っ二つになって、腸がはみ出していたの。手当たり次第、どこもかしこも突き刺して、もう場所がなくなって、最後には太ももの骨で刃が折れちゃった」

彼女はまるで自分がフィアンセを殺したかのように喋った。折れた刃の感触を思い出すように、掌を握ったり開いたりした。

「その時ふっと足元を見たの。マットが敷いてあった。どこにでもある古びたバスマットだった。少し湿ってたわ。たった今、誰かがそこで足を拭いたかのように。体温さえ残っている気がした。私はそこをじっと見つめたの。誰も邪魔する人がいないから、いつまでもじっと、じっと」

窓の外は暗闇だった。昼間あれだけ風に吹かれていた木々の枝が、今ではもうピクリとも動かなかった。

「血の跡だったの。彼の流した血。私の足の裏をちょうど覆うくらいの大きさ。体中濁った液体で満たされた、狂暴な海の生物みたいだった。今にもヌルヌル動きだしそうだった。これが彼を殺したの？　って自分に問い直したくらいだった。私は飛びのいて、長い悲鳴を上げたわ。とても長い悲鳴」

彼女は泣いていなかった。ただ苦しんでいるのだった。泣いてくれた方が、わたしはいくらかでも気分が楽になれる気がした。涙は言葉より、残酷でないだろうと思った。

彼女の苦しみをどうにかして和らげようとするわたしの他にもう一人、なぜ彼女はこんなにも無防備に身体を寄せてくるのだろうと不思議に思う自分がいた。

わたしは新田氏と彼女の間に割り込んできた女なのに。新田氏と結んだ関係をふりかざして、彼女を傷つけた女なのに。

わたしがどんなにあがいても、彼は決して自分を見捨てないと確信しているからだろうか。彼が自分の前でしかチェンバロを弾けないことに満足感を持ち、それがあんな過ちで崩れてしまいそうで、それで苦しんでいるのかもしれない。

ストーブの火が弱まりかけていた。けれどわたしたちはどちらも、新しい薪をくべようとしなかった。残り少ない炎が消えてゆくのを、ただ見つめていた。

「私、何度も思い出したわ。血でできた海の生物が、マットの上でヌルヌル動くさまを。

お葬式の時も、納骨のミサの時も、ここへ越して来てからも。ひとときだって忘れることができなかった。いくらあっちへ押しやろうとしても、すぐまとわりついてくる。それがようやくこの頃、少しだけ遠のくようになってきてたの。新田さんとチェンバロを作っている時だけは、思い出さずにすんでた。あっ、忘れてたんだ、って思える時間が少しずつ増えていたの。なのに今日、プレハブの中で、またあの生物が息を吹き返して、新田さんに襲いかかったんです。一瞬のうちに、逃げようもなく、すごい力で。また私の一番大事なものを、奪いに来たんです」

彼女の肩が震えだした。わたしは腕に力を込めた。肩先の細い骨がカチカチ音を立てていた。

「もうこれ以上、失いたくないんです」

わたしの胸に、薫さんは顔を埋めた。身動きできなかった。彼女を受け止める以外、ほかにしようがなかった。

かつてこんなふうに、誰かを抱き締めたことがあっただろうか、とわたしは思った。自分の温もりを、人にわけ与えたことがあっただろうか、と。

頬に髪の毛が触れ、シャンプーの匂いがした。鎖骨や乳房や肘の形を感じ取ることができた。なぜか、自分が抱き締められているような気持がした。

薫さんは新田氏を失ったりはしないだろう。その時、わたしには分った。たとえ血だらけになっても、指をなくしても、彼らの間に流れるチェンバロの音は消えない。自分に、それを消すことはできない。

わたしだって失いたくないの、というかわりに、わたしは言った。

「新田さんが、守ってくれるわ」

彼女の震えがおさまるのを待ってから立ち上がりストーブに薪をくべた。すぐに炎が大きくなった。寝床をのぞくと、ドナは何も知らずに眠っていた。

そしてオーディオセットの棚に行き、『預言者エレミヤの哀歌』を探し出し、以前薫さんがしたように、CDをプレーヤーにのせた。

第1のルソンが聞こえてきた。侵しがたい、透明な声だった。両手ですくおうとすると、そのまま肌に溶けてゆきそうだった。他の誰でもない、わたしたち二人だけのためにたどり着いてきたような響きだった。

「もう少しだけ、そばにいていただけませんか」

薫さんが言った。

「もちろんよ」

わたしは答えた。

12

新田氏の傷は日に日によくなった。抜糸がすむと、あとはただ新しく指先をおおう皮膚が丈夫になるのを待つだけだった。一週間に二回、二人は車で市民病院へ通い、傷口を消毒し、包帯を替えてもらっていた。会うたびに包帯が小さくなっていた。

誰に頼まれたわけでもなかったが、彼らが病院へ行っている間にわたしはプレハブの掃除をした。おがくずをゴミ袋に集め、あたりに飛び散った血を拭き取り、割れた眼鏡を片づけた。余計なことをして、チェンバロの材料を傷つけては大変なので、板には触らなかった。獰猛な〝海の生物〟の名残が全部消えたことを確かめてから、プレハブの扉を閉じた。

わたしたち三人は静かに傷が治るのを待った。一緒にいる時は新田氏の左手に関わる話を避け、できるだけそこへ近づかないようにした。誰もが何かを用心していた。でもその何かの正体について、はっきり口に出しはしなかった。もしかしたら〝海の生物〟が生き返ることだったかもしれない。

時折薫さんは怯えた目で新田氏の指先を見つめた。わたしたちに悟られないよう伏し目がちに視線を漂わせ、包帯に包まれたその場所にたどり着くと、ふっと息をひそめた。そういう空気を感じ取るとすぐさま、わたしか新田氏のどちらかが新しい話題を持ち出した。〝グラスホッパー〟の孔雀とドナが喧嘩したとか、グラタンを作ろうとしたら失敗してクリーム団子になったとか、そんな話だった。

それでも少しずつ薫さんは回復していった。少なくとも、あの夜見せた恐れはおさまっていた。むしろわたしは新田氏のけがではなく、彼女の方を心配していた。というより、わたしの知らないところで、彼女が彼によってどんなふうに癒されてゆくのか気掛かりだった。

新田さんが、守ってくれるわ、と言った言葉をわたしは思い出した。彼が傷ついた手で、薫さんの乱れた髪を直している様子や、あるいは彼女がその手を胸に抱き締めている姿を思い浮かべた。真新しい包帯と透明な白い肌は、とてもよく似合うだろう。不自由な腕が何を求めているか、彼女はすぐに察知することができるだろう。

自分の発した言葉が、自分を苦しめるための想像を紡ぎ出した。そんな時わたしは、〝Y・NITTA〟のアルファベットをスケッチブックに書き連ねた。

新しいチェンバロの製作は延期された。包帯が取れたあとすぐに再開すれば、納期には間に合うと言って、新田氏は少しも焦っていなかった。たとえけがが治っても、微妙な感覚が元通りになるかどうかというような心配もしなかった。薫さんのことを思いやっているのだと分った。

天気のいい日には薫さんはプレハブから板を運び出し、ひなたで乾燥させた。新田氏は長い時間設計図を眺めたり、作業場で片手だけでできる小さな仕事をしたり、道具類の手入れをしたりしていた。

そうしているうちに、秋は過ぎ去ろうとしていた。毎朝洗面所の窓からのぞく山の色が、どんどん冬に近づいていった。一日の天候の変化も激しくなった。陽が差しているかと思うと急に雲が厚くなり、冷たい風が吹きだした。もうテラスでひなたぼっこをする気分にはなれなかった。

とうとう、元霊媒師の自叙伝が完成した。その日は朝の五時半に起きて夜中まで、ほとんど休みなく書き続けた。本当はこんなに長い時間、字を乱さないよう神経を集中させるのは難しいのだが、なぜか中断するきっかけを失ってしまった。

一段と冷え込んだ一日で、林中が静まり返り、どんなに耳をすませても葉っぱ一枚が落ちる音さえ聞こえなかった。別荘に暮らしていると季節に関わりなく、こういう完全に静かな一日というのを体験する。子供の頃は、鼓膜がはずれてしまったのではないかと心配したりした。

新田氏と薫さんは病院へ行っていた。スケッチブックに余白はもう残っていなかった。

元霊媒師と元漁師は、最終的にモデルのプロダクション経営で成功する。三人の混血の娘を売り出したのを皮切りに、外国人専門のプロダクションをどんどん大きくしてゆく。元霊媒師が世界中を巡って女の子をスカウトし、元漁師が会社の運営を担当する。子供たちは歳を取ってモデルとして働けなくなると、それぞれ系列の関連会社の社長となり、一族を支えてゆく。経済的にはあらゆるものを手に入れるが、長男は三十五歳の時癌で右足を失い、長女は四十代からノイローゼで入退院を繰り返し、次女の最初の子供は生まれながらの盲目だった。五十年連れ添ったご主人はある日自分のクルーザーで航海中、誤って海に転落して死亡した。海も穏やかで、何より元漁師のはずだったのに、なぜ転落したかは不明。死体も上がらなかった。現在は十一人の孫と八人のひ孫に恵まれている。モデルプロダクションは三女の長女が社長を務め、今でも年間二億の利益を上げている——。

最後の一行を写し終わった時、午前一時を過ぎていた。完全な静けさはまだ続いていた。一日満足に食べていないのに、空腹感はなかった。インクが乾くのを待ってから、紙をきれいにそろえ、皺にならないよう専用のブリーフケースにしまい、机の上に散乱した筆記用具を整頓した。ペン先を布で拭き取り、インク瓶の蓋を閉め、吸い取り紙を丸めてゴミ箱に捨てた。

気分が高揚して寝付けそうにもなかったので、しばらくぼんやりしていた。インスタントのココアを作り、ストーブの上で食パンを焼いて食べた。食パンは金網の模様のとおりに焦げ目がついた。ぽそぽそパンを嚙む、口の中の音だけが聞こえた。

新田氏に会いたかった。そう思うだけで涙が出た。

完成した手書きの自叙伝を装丁家のところへ持って行くため、また二、三日上京しなければいけなくなった。

冷蔵庫に余っていた生鮮食料品のいくつかを使ってもらおうと思い、わたしは新田氏の家へ行った。南の窓からのぞくと、一階にはドナ以外誰もいなかった。何度か呼んでみたが返事は聞こえなかった。

ドナはわたしに気づいて外へ走り出し、さらには食べ物の気配を感じ取って足に絡みついてきた。いつもはみ出ている舌のせいで、ズボンに唾液の跡がついた。

買物にでも出掛けたのだろうか。それとも作業小屋だろうか。けれど微かに、人の気配があった。わたしは台所に食料品の袋を置き、リビングを一回りし、もう一度だけ薫さんの名前を呼んだ。やはり返事はなかった。

わたしは階段を昇った。後ろからドナがついてきた。最後の一段に足をのせた時、半分開いたドアのすきまから新田氏が見えた。彼はベッドで眠っていた。具合が悪いというより、ごろんと横になっているうちに、ついうとうとしてしまったような感じだった。着ているものは仕事用の普段着だったし、足元に毛布が掛かっているだけだった。包帯の巻かれた左手は、まっすぐ横たわっていた。

そのかたわらに薫さんがいた。彼女も眠っていた。後ろ姿しか見えなかったが、緩やかに動く背中のリズムで、眠りに落ちているのだと分った。小さな椅子に腰掛け、上半身をベッドにもたげ、自分の両腕に頭をのせていた。新田氏の顔のすぐそばに、彼女の髪の毛があった。腕のすぐそばに、唇があった。

二人で何か語り合っていたのだろうか。明日の天気について。晩ご飯のメニューについて。新しいチェンバロについて。あるいは黙って、音楽を聴いていたのかもしれない。サイドテーブルのCDプレーヤーの電源が、ついたままになっているから。

　窓から差し込む光が二人を包んでいた。柔らかく透明な光だった。それが二人の身体の隅々を照らし、暖めていた。ガラスの向こうで聞こえる鳥のさえずりは余韻だけを残し、林の奥へと遠ざかっていった。打ちかけのワープロも、脱ぎ捨てられたジャンパーも、床に散らばる雑誌もみな、邪魔にならないようじっとうつむいていた。ここにあるすべてが、彼らの眠りを祝福しているようだった。

　わたしはドナを振り返った。彼は鳴き声を上げたり、部屋に駆け込んで二人にじゃれつこうとしたりはしなかった。前脚を階段の縁に引っ掛け、両耳をピンと立て、少しでも背筋をのばそうとお尻をもごもごさせていた。それが自分なりの祝福の方法なのだとでも言いたげだった。

　二人は彼らの手によって閉じられた眠りの世界にいた。それを開く方法をわたしは知らなかった。薫さんの姿は、新田氏の傷ついた左手に口づけているように見えた。

　わたしはドナと一緒に下に降り、食料品を冷蔵庫にしまい、走り書きのメモを食卓の上に残した。

〈仕事で上京します。すぐ帰ってきます。冷蔵庫の中のもの、もしよかったら食べて下さい。イクラと牛乳と卵です。不用だったら、捨てて下さい。かえってお手数ですね。ごめんなさい〉

東京に着いて一番に、わたしはカリグラフィーの先生に電話を掛けた。そして就職の件をOKした。

「そうよ。あなたが断る理由は何もないはずなのよ。カリグラフィーの技術を活かせる仕事なんて、めったにないんだから。ねえ。これで私も一安心だわ。計画が一歩前進よ」

相変らず彼女は元気がよかった。

「それにしても、ご主人のお許しがよく出たわね。あなたが外出するの、極端に嫌がってたのに。仕事に行く時、家の鍵を持って出ないほどの人なんでしょ？」

「離婚することになったんです」

「まあ、そうだったの」

さすがにそこだけは声のトーンが低くなった。

「決着がついたの？」

「いいえ、まだ書類上の手続きは残っているんですけど、でも意志の確認はしました」

「そう、それならもう迷いの時は脱したわけね。じゃあなおのこと仕事に打ち込んでもらわなくちゃ」

しかしすぐに元の調子を取り戻した。

「長い間もめたわねえ。愛人ができて何年？　よく我慢したわよ。こういう結論になるまでには、やっぱりこれだけの時間が必要だったってことかしら。とにかく、あなたも本気を出さなくちゃね。もちろん今までだって本気でやってたと思うわよ。でもね、経済って大事なの。お金の心配したことないあなたにこんなこと言っても通じないかもしれないけど、自分で苦労して、自分だけのためのお金を得るって、尊い喜びなのよ。世の中に、自分の居場所を確保するってことなの。まあ、こんな話、電話でしたってしょうがないけど。さて、さて、どんどん先へ進まなきゃ。正社員と言っても、最初の三ヵ月は試用期間よ。それから研修もやるつもりだから、三月の終わりにはちゃんと身体を空けといて。まだまだ言っときたいことはあるんだけど、あなた今どこ？　こっちにいらっしゃいな。夜八時には最後のクラスが終わるから。相談ごとは顔を見てやらないと効率が悪いわ。今すぐ別荘に帰らなきゃならないわけでもないんでしょ？　誰かが待ってるわけじゃなし。ねえ。一緒に晩ご飯食べましょうよ」

受話器の向こうで先生は喋り続けた。愛人、経済、研修、効率……そういった言葉たちをどうにかしてうまく聞き入れようと、わたしは懸命に神経を集中させた。そして「はい」という小さな返事を繰り返した。

具体的な先の見通しが立ったことは、わたしを安心もさせ、不安にもした。三月の終わりまであとどれくらいあるのか、指を折って計算した。別荘で暮らしはじめてからの月日の方が長いのを発見した。もうあまり、時間は残っていないのだと思った。

次の日、装丁家に自叙伝を渡し、最終的な打ち合せをしたあと、夫に連絡を入れた。今度東京へ戻る時は必ず知らせると約束していたからだ。夫は弁護士と話をするための日時を指定した。四日後の午後二時、横浜の自宅でということだった。

事務的なこと以外何も喋らなかった。「元気？」とも、「やあ」とも言わなかった。病院の電話だったから、まわりに人がいたのだろう。それでも用件が全部片づいて電話を切る時、彼が小さく息を飲み、何か言い掛けたような気がした。わたしは「どうかした？」と聞き返そうとして、やはりそのまま息を飲み込んだ。沈黙が流れ、それは受話器を置く音で一瞬のうちに消えた。

結局、二、三日のつもりが思いのほか東京滞在は長引いた。離婚手続きの件もあったし、就職の件もあった。画材店を回って新しい紙やインクが輸入されていないか見たかったし、図書館で文献を探して勉強もしたかった。調子の悪くなっていたミッチェルペンとブラッシュペンを買い替え、ネパール産のおもしろい紙があったのでついでに購入した。洋書店ではベルギーの詩人が恋人と交わした書簡集と、イタリアの修道院を写した写真集を買った。

注文の仕事が途切れている間に、自分自身の興味を満たしておきたかった。先生の仕事を手伝うとなればなおのこと、新鮮な題材を見つけたり、歴史的な知識を深めたり、デザインのセンスを磨いたりする必要があると思われた。

承諾しておきながら今頃になってよく考えてみれば、カリグラフィーの通信講座を開くというのは、大変な仕事になりそうだった。先生の持っている教室はキャリアが長いので、コース別にカリキュラムが確立されているが、通信講座では受講する人たちの目的は多様化するし、教材にも工夫がいる。今から参考になる資料を集めていても、早すぎることはなかった。

一番難しいのは、最低限の技術を教える課程のプログラムだろう。ある程度技術が身につかないと、個性も発揮できない。けれど口でなく文章でそれを説明しようとすると、必要以上にややこしくなりそうだ。それに通信講座では、本物の作品に触れるチャンスに恵まれない。カリグラフィーを印刷してしまったら、その魅力は半減してしまう。

考えるべきことがいくらでもあった。段ボールにしまってあった、まだ習いはじめの頃のノートやテキストや練習作品を引っ張り出し、参考になりそうなものがないか探した。用具の通信販売も必要になってくるだろうから、輸入カタログを整理した。廃品回収に出そうと思っていたカリグラフィー協会の機関誌を、最初から読み直してみた。

ひとまずわたしは留学していた時の先生に手紙を書き、イギリスにある通信講座の教材をできるだけ多くの種類、送ってもらうことにした。勧誘パンフレットや、中学校の授業で使われる指導要領などもお願いした。イギリスの私立学校ではカリグラフィーを教えているところがあるからだ。

日本でも愛好家は増えつつあります。わたしは最近一つ大きな仕事をこなしました。次にはさらに難しい仕事が待っているというわけです。けれど元気にやっています。

……と、書いた。

長く閉めきっている家は、いくら風通しをしても淀んだ空気が流れていかなかった。段ボールや本やカタログや空のインク瓶や折れたペンが、乱雑にわたしの回りを取り囲んでいた。気分を鎮めようとしてキッチンに入ったが、そこには何もなかった。コーヒー豆は切れ、冷蔵庫はコンセントが抜かれて真っ暗で、床下収納庫にあったはずの缶ジュースは姿を消していた。夫のために作った料理の記憶も、もう残っていなかった。

それでも戸棚の奥から半分固まりかけた紅茶の葉を見つけ、お湯をわかし、何も入れずにそのまま飲んだ。カップの底に、うっすら埃がたまっていた。カビ臭いにおいがした。

わたしは二人のことを思った。彼らはいつ目覚めたのだろう。そのあと何をしただろう。食卓のメモを見つけ、わたしについて語り合ってくれただろうか。

自分が二つに切り裂かれてゆくような気がした。新田氏のいる林と、いないこと。その切れ目が、絶え間なく痛んだ。

痛みを紛らすために、坊やのバイオリンが聞きたいと思った。あれはいい曲だった。わたしは好きだった。

金曜の午後、夫が差し向けた弁護士に会った。事は手際よくすすんでいった。整理と確認と質問と選択。その繰り返しだった。ただそれだけだった。

13

十一月の最初の週末、朝からの雨が夕方みぞれになった。みるみる雨粒が大きくなり、木々の枝に降り掛かる音も変り、目をこらすと空に白いものが混ざっていた。けれどまだ積もるほどの勢いはなく、すぐに地面にしみ込んでいった。

次の日も同じようなみぞれが降った。きのうと見分けがつかないくらい、何もかもがよく似た夕方だった。風の具合も、窓の向こうを落ちてゆく白い模様も、ガラスの冷たさも同じだった。水分を多く含んだ雪は、ひとときは葉っぱやテラスの手すりにとどまるが、どうしても我慢できないというように雨粒に姿を変え、したたり落ちていった。

紅葉の季節は終わり、スキー場がオープンするまでしばらく、訪れる観光客はほとんどいなかった。暇な時間を利用して〝グラスホッパー〟の奥さんは水泳をはじめた。村のゴミ焼却場の隣に、温水プールができたらしい。

「長年この体重と付き合ってきましたでしょ。膝と腰をやられましてね。思い切って痩せる決心をいたしました。それに料金がとてもお安いんですよ。朝九時から夜七時まで、好きなだけ入って一回たったの三百円。三百円なんですの」

奥さんはわたしの顔のすぐ前に、指を三本突き立てた。そういう形を作るのも無理があるくらい、手には脂肪がついていた。

「それはよろしいですね。わたしも入りたいくらいです。坐ってばかりの仕事で運動不足になるものですから。でもきっと村に住んでいる人しかだめなんでしょうね」

「そんなことはありません。明日さっそく事務所の人に尋ねてみましょう。いつか一緒に泳ぎましょう。お邪魔でなかったら。それにしても瑠璃子さん、信じられますか。私に合う水着があったんですよ。村の洋品店に。納屋の奥の奥から引っ張り出してきてくれたんですの。外の箱は黄ばんで埃だらけでしたけれど、中身は無事でございました。二十年くらい前、ホテルの宿泊客でロシア人の女性が特別に取り寄せたんですが、結局買わずに帰国したらしいんです。そのロシア人も私みたいな体型だったんでしょうね。ピンクでハイビスカスの模様ですよ。ちょっと派手ですけれど、贅沢は言えません。これを逃したら、きっと町中探し歩いても、もう着られる水着とはお目に掛かれないでしょうから」

そう言って奥さんは声を出して笑った。つられてわたしも笑った。

奥さんの水着姿はたぶんキュートだろうと想像できた。思わず抱きつきたくなるような優しさがあるに違いない。わたしたちは必ず一緒にプールへ行きましょうと約束した。

低気圧が過ぎ去った月曜日、新田氏の全快祝いをした。夏行くはずだった湖へ、三人で行った。季節が移ったので、朝ではなく昼間に計画を変更した。

ドラム缶をワゴン車に積んできて、桟橋の入口で火を焚き、お弁当を食べた。朽ちて半分沈みかけた橋だった。どこを見回しても人影はなかった。岸辺の白樺の幹に、ボロボロのロープで、ボートが二艘結わえつけてあった。中に雨に濡れた落葉がいくつも張りついていた。

お弁当は薫さんと二人で作った。新田氏の希望は、決して豪華すぎない、昔運動会で食べたようなオーソドックスなメニューにしてほしいというものだった。

薫さんがウインナーを炒め、鮭を焼き、鶏を唐揚げにした。わたしはポテトサラダと卵焼きを作った。おにぎりの中には、梅干しとかつおぶしと筋子を入れた。ほかにいくつかデザートも用意した。

わたしたちは簡易コンロでお湯をわかしてお茶をいれ、それで乾杯した。華々しい乾杯ではなく、食事をスタートさせるための、慎ましやかな挨拶といった感じだった。

「それじゃあ、新田さんの傷が治ったのをお祝いして……」

そうわたしが言ったあと、薫さんが小さな声で「乾杯」と続けた。わたしたちはそれぞれカップを合わせ、コツン、コツンと音を立てた。新田氏は照れくさそうに首だけ曲げてお辞儀をした。

湖面に白樺の幹と雲が映っていた。時折風が吹くと、ボートがぶつかり合ってきしみ、小波が広がった。それに合わせて白樺と雲も揺れた。

この間の強風で倒れたのか、痩せた木が何本か湖の方へ傾き、枝が水につかっていた。そのすぐ近くには二メートルほどの枯木が浮かんでいた。じっと止まっているように見えるのに、しばらく目を離すと、向きが微妙に変っていた。湖は目に見えないくらいゆっくりした流れを持っているのかもしれない。

白樺林の向こうに連なる山々は、雪をかぶっていた。稜線にだけぼんやりとガスがかかり、それがだんだんに薄まって、空の高いところは気持よく晴れていた。

いつものとおり、わたしたちはみなすばらしい食欲を発揮した。バスケットの中をのぞき込み、休みなく箸を動かし、おにぎりにかぶりついた。ドナはコンロで特製の鮭のスープ煮を作ってもらい、ボウルが引っ繰り返るほどの勢いで食べ、おかわりを要求した。

薫さんは新田氏が新しい料理を口に入れるたび、「おいしい?」と聞いた。新田氏はいちいち「おいしいよ」と答えた。

しかしやはり一番の食欲を見せたのは、薫さんだった。飲み物は足りているか、取り皿が汚れていないか、ソースや塩は必要ないかと気を配りながらも、あまり唇を動かさない伏し目がちのいつものスタイルで、次々と平らげていった。彼女の口元へ運ばれた食べ物たちは、鶏肉でもジャガイモでもパセリでも、深い暗闇へ吸い込まれてゆくように消えていった。

暗闇を降りてゆくと底の底に、あの〝海の生物〟が潜んでいるのではないだろうかという気がした。その穴をふさぐために、こんなに無心に食べているのではないかしら、と。

「君は全部で七個だ」

最後のおにぎりに薫さんが手をのばしたとたん、新田氏が言った。

「ご丁寧に、数えていらしたんですか」

恨めしそうに彼女は言った。けれどおにぎりは放さなかった。

「全部で十五個あったうち、瑠璃子さんが三個で、僕が五個だから、残りは当然七個になる」

「ややこしすぎて、私には計算できません」

そう言って彼女はまた音もなく、おにぎりを暗闇に落とした。新田氏とわたしは笑い、ドナはボウルの縁をガチガチ噛んだ。

食事のあとわたしたちは湖へ出た。新田氏とわたしが同じボートに乗り、薫さんが別のに乗った。

水の上はやはり寒かった。足元から寒さが立ち昇ってきた。新田氏と薫さんはゆっくりオールを動かした。一緒に連れて行ってもらおうとしてドナが切ない鳴き声を上げながら、桟橋を右往左往していた。

「危ないから、車の中にいなさい」

薫さんが叫んだ。

「落ちたら心臓発作で死んじゃうわよ」

死ぬという言葉が聞き取れたかのように、ドナはいじけた声でもう二、三回吠え、とぼとぼ焚火の方へ戻っていった。

しばらく岸に沿って進んだ。枯れた浮き草がオールの先に絡みつき、すぐに解けてまた流れていった。間近で見ると水の色は場所によって違っていた。光の当たるところは青味がかり、陰は群青色をしていた。底の深そうなところほど密度が濃く、浅くなるにつれて透明になっていった。

二艘のボートは近づいたり離れたりしながら、だんだん中央へ出ていった。二人の漕ぎ方はとてもよく似ていた。できるだけ余計な音を立てないようそっとオールを湖に沈め、大きく腕を動かして水をかき、一呼吸おいてからまた最初の動作に戻る。リズムも水音もオールのきしみも、二人そろっていた。

まだあきらめきれないのか、ドナはドラム缶の周囲を落ち着きなく歩き回っていた。わずかでもわたしたちの気配を感じ取ろうと、短い首を精一杯のばし、耳をひくひく動かした。

「去年、ボートに乗せたら、落ちちゃったんです」

ボートを漕ぐ手を休めずに薫さんが言った。

「やたらと興奮して、へ先に飛び乗って、ポチャンと」

「あれは見事に落ちたな」

新田さんが言った。

「最初、自分でも何が起きたか分っていなかったみたい。一瞬ぽかんとした顔して、それからパニックに陥って、大変だったんです。あの子、犬のくせに泳げないんだから」

水を渡って届いてくる薫さんの声は、いつもより潤んで聞こえた。ボートの動きに合わせて声も揺れた。

「それで、どうなったの？」

「オールをのばしたんですが、とにかくバシャバシャやるばかりで、つかまろうとしないんです」

新田氏が答えた。

「仕方がないから、新田さんが飛び込んで助けたんですよ。九月でもう寒かったのに」

「釣をしていたおじさんが、ゲラゲラ笑ったんだ」

「ドナったら、新田さんにしっかりしがみついて、震えてたわ。あんな深刻な顔をしたドナははじめてだった」

「あれからずっと怖がって、湖には近づかなかったのに、今日は瑠璃子さんが一緒のせいか妙にはしゃいでるなあ」

「落ちたこと、忘れちゃったのよ」

「そうか。ぼけてきたのかもしれない」

「犬でもぼけるの？　でも、ぼけるほど歳を取ったわりには、はしゃぎすぎる癖は直らないわ。ちょっと変ったことがあると、すぐ興奮して、鼻息が荒くなって、自分も手出ししないと気がすまないの。傍観するってことができない犬なのね。いつもはぼーっとしてるくせに……」

二人の声が交互に聞こえた。新田さんは前から。薫さんは後ろから。そして薫さんの声はゆるやかに遠ざかっていった。

振り向くと、彼女のボートは北へ向きを変えて進んでいた。いつのまにか新田氏は手を休めていた。わたしたちのボートは真ん中で止まった。

「寒くありませんか？」

新田氏が言った。

「ええ、大丈夫です」

わたしたちの会話はもう薫さんには届いていなかった。彼女は湖の北のはずれ、岸がU字型にくびれたあたりを目指しているようだった。

彼はジャンパーのホックを止め、片肘をボートのへりにのせ、しばらく空を眺めていた。山へ向かって、雲が流れていた。

三週間包帯に包まれていた左手は、右に比べて心なしか白く見えた。ドラム缶に火をおこす時も、箸を持っている時も、オールを握っている時も、けがをした二本の指のことは気にならなかった。すべての仕草がいつもどおり自然だった。

しかしこんなふうに二人きりで無言で向き合っていると、どうしても欠けた指先に視線がいってしまうのだった。彼が身体を動かすたび、指の位置を確かめた。

「わたしも一つくらい、楽器が弾けたらって思うことがあります」

はげかけたペンキの屑を払いながらわたしは言った。

「小さい頃、何か習いごとでやらなかったんですか」

新田氏が尋ねた。

「オルガンを習っていました。でも嫌いでたまらなかったから、すぐにやめました。和音のテストが苦痛だったんです。全部同じ音に聞こえて、いつも当てずっぽうに答えていたから、みんなに笑われて、とてもみじめな気分でした」

「それは不幸な出会いでしたね」

「下手でもいい、楽器が弾けたらそれだけで、別の人間になれそうな気がするんです」

「そうかもしれない……」

近くを走っているはずの県道のざわめきも、ドナの鳴き声も聞こえてこなかった。ほんの少しオールの先から水がしたたり落ちただけで、はっとするほど鮮やかな音がした。

「ねえ、この題名、ご存じありません？　バイオリンの曲なんですけど」

あの日曜の朝、夫と一緒に繰り返し聞いた坊やのバイオリンを、わたしはハミングしてみた。ずいぶん前のことなのに、正確に思い出すことができた。彼がいつも音を外していた箇所も覚えていた。

「ああ、分った。『懐しい土地の思い出』だ」

しばらく耳をすませていた新田氏は答えた。

「『懐しい土地の思い出』？」

「そうです。チャイコフスキー作曲の」

「思ったとおり、すてきな題名でほっとしたわ」

「好きな曲なんですか？」

「ええ」

わたしは答えた。

ハミングが終わってしまうと、あたりはまた静けさに包まれた。痛いくらいの冷気を含んだ静けさだった。

「もう、ピアニストには戻れませんね」

わたしはつぶやいた。新田氏は「えっ」と聞き返そうとしてすぐに言葉を飲み込んだ。

「二十年も前から、戻れなくなっていますよ」

一段と真っ白な大きな雲のかたまりが通り過ぎてゆくのを待ってから、彼は答えた。

「指が欠ける前から、ピアニストとして僕には何かが欠けていた。だから、けがをしようがしまいが同じなんです。最初から失われていただけなんです」

「薫さんのことを、かばっていらっしゃるんですか」

しばらくの沈黙のあと、新田氏は首を横に振った。

薫さんは背中を向けたまま、ボートを漕ぎ続けていた。彼女の作る波紋はサワサワと水面を広がり、わたしたちのボートにぶつかり、やがて消えていった。

「かばってなんかいやしない。彼女はただ僕のそばにいて、欠落が形になってあらわれた瞬間に、立ち合っただけです」

わたしたちは知らず知らずのうちに、ゆっくり回転しながら西へ流されていた。ドナの姿はもう見えなかった。

わたしは彼から視線をそらし、水面をのぞき込んだ。湖にはいろいろなものが浮いていた。枯葉、虫の死骸、小枝、プラスティックのかけら、鱗、木の実……。それらも一緒にどこかへ流されていた。

太陽は傾きつつあったが、日差しの明るさは同じだった。光が水面で弾けていた。まばたきするたびに水の色が変った。底がどうなっているのか、目をこらそうとしたがうまくいかなかった。さらさらした砂地のように見えたり、びっしりと生えた水草が揺らめいているように見えたり、ただの暗黒しか感じ取れなかったりした。

わたしは水に手を浸した。思ったほど冷たくなかった。掌の脇を魚の影が通り過ぎていった。わたしはその濡れたままの手で、彼の左手を握った。ボートがきしみ、オールの止め金が鳴った。

治ったばかりの薬指と中指はまだ柔らかく、縫い合わせた跡も残っていた。少しでも乱暴にすると、すぐに血が出てきそうだった。けれどわたしはかまわず、それを自分の近くに引き寄せた。

新田氏は逆らわなかった。されるがままにしていた。けれど、不自然に傾いたわたしの身体を支えてくれようとはしなかった。ただ静かに、指が自分の元へ戻ってくるのを待っているだけだった。

確かに左手はバランスを欠いていた。二つの爪は半分ほどの大きさしかなく、えぐられた肉のせいで変形していた。新しい皮膚は不透明に白く、弱々しかった。しかし決して醜くはなかった。むしろ彼が彼であるための、特別な刻印を与えられたかのようだった。

わたしはボートの底にひざまずき、両手に指を抱え、その輪郭をゆっくり味わうようになでていった。薫さんのオールの音はまだ続いていた。もし彼女が振り返ったらどうなるんだろう。そう思う気持を向こうへ押しやった。今自分の手の中にあるものだけを見つめようとした。

湖の水で彼の手も濡れた。そのせいでそれが冷たいのか温かいのかよく分からなかった。しなやかで強固だった感触が、先端までたどり着いて、ふっと途切れた。何もない空洞をわたしは繰り返しなでた。

これを自分だけのものにできたらどんなにいいだろう。薫さんがしたように、光の中で心ゆくまで口づけることができたら……。

「薫さんのことを、愛しているんですね」

わたしは尋ねた。

「そうです」

新田氏は答えた。慰めも、謝罪も、拒絶も含まれない、美しい響きだけを持った声だった。

わたしは指を彼に返した。


「瑠璃子さん。新田さん」

岸のくびれにボートを止め、薫さんがこちらに向かって手を振っていた。

「ここをスタートにしますから、一周のタイムを計って下さい。いいですか?」

薫さんの声は水面を渡り、林の奥まで突き抜けていった。

「分った」

新田氏も手を振った。

「次に新田さんも挑戦して下さいね。競漕ですよ」

「じゃあ僕はハンディとして瑠璃子さんを乗せて漕ぐよ」

「ハンディなんていりませんよ。真剣勝負でいきましょう」

「負けたら何をおごる?」

「牧場のソフトクリーム。バニラとチョコのダブル」

「よし。じゃあ、用意はいい?」

二人の声が湖の真ん中で溶け合い、響き合った。

新田氏は腕時計をはずし、ストップウォッチに切り替えた。

「位置について、用意、ドン」

彼は思いきり声を張り上げ、腕を振り下ろした。それを合図に薫さんはスタートした。

無心にボートを漕いだ。

14

湖でのピクニックから数日して、雪が降った。今度は本格的だった。薪をくべてもくべてもストーブの炎が頼りなく感じられ、ホットカーペットや湯たんぽや電気毛布や、あらゆる暖房器具を引っ張り出してきた。

太陽は姿を隠し、林に覆いかぶさるように低く雲が垂れこめていた。午後から降りだした雪は止む気配がなく、夜には積もった。

わたしはリビングの窓から庭の風景を眺めた。毎日見ているはずなのに、雪に包まれただけでそれは真新しい世界に変っていった。悲鳴を上げるテラスの床にも、子ねずみを埋めた土にも、新田氏の家へ続く小道にも、平等に雪は積もった。

本当の冬だった。湖で過ごした日が、冬が来る前に残されていた最後の一日だった。

新田氏は新しいチェンバロの製作を再開した。遅れを取り戻すために急ピッチで作業を進めていた。新田氏も薫さんも、庭のプレハブか沼の作業場にこもりっきりになっていた。たまに様子をうかがいに行くと、二人から相手にされず退屈しきっているドナが、飛びついて歓迎してくれた。

素人のわたしでも、少しずつチェンバロが形になってゆくのが見て取れた。いつ行っても彼らは何かしら違う種類の作業をしていた。扱っている木の形や、手にした道具の種類や、身体の動かし方や、姿勢や、どこかが違っていた。完成までには無数の工程があるようだった。それでいて常に彼らには根気が要求されていた。

ある時は、木の角にモールディングという装飾を削り出していた。新田氏は機械の刃を微調整し、いらない木で何度も試し切りをした。薫さんは小さくちぎった紙やすりで、削り上がった面を磨いていた。

またある時は、木の板を鉄パイプにはさみ、ストーブの熱で曲げていた。薫さんは木を水で濡らしたり、図面に当てて曲がり具合を確かめたりしていた。彼の指は以前と変らず動いていた。

組立に入るとますます二人の動きは複雑になっていった。連係して作業することも多くなった。プレハブをのぞいた瞬間、いかに活気があふれているか分った。一見道具類が散乱しているようでありながら、そこには二人だけが了解している秩序があった。二人とも、何かを探してうろうろするということがなかった。薫さんはこまめに木屑を掃き出し、作業台を拭き、大事なチェンバロが汚れたり傷ついたりしないよう気を配っていた。

「組立てるといっても、釘は使わないんですね」

作業の流れを乱さない、ちょっとした合間に、わたしは声を掛ける。

「ええ。釘もネジも、僕は使わないんです。全部木組みです」

面倒がらずに新田氏は答えてくれる。

「昔の名製作家のリュッカースでも、音響に関係のない部分に釘を使ったりしていますが、やはりチェンバロの中に金属を使うのは気持悪いんです。人間の身体に人工骨を埋め込むみたいで」

次に薫さんが答える。彼女の頬も手も赤くほてり、セーターの袖口はすりきれ、髪は埃をかぶっている。けれどそれらもまた調和した世界を彩るのに役立っている。

「釘なしで組立てるといっても、紙を貼り合わせるようにぺたっと貼るわけじゃなく、ほぞを作って接着していくんです。きれいな箱を作るにはそれが大事です。ほら、こんなふうに深さ五、六ミリの穴が掘ってあるでしょ？　ここへボンドを入れて、はめ込んでゆくんです。ね？　これと、これが、こういう具合に……」

新田氏は削り終わったばかりの板をわたしの前に差し出す。まるでわたしの理解を得られると、それだけチェンバロの音がよくなるとでもいうかのように、優しく説明を続ける。

こんなふうに、ほんの二分か三分お邪魔して、わたしは彼らにさよならをする。必ず彼らは引き止めようとする。

「まだいいじゃありませんか」

「そうですよ。今、コーヒーをいれてきますから。ちょうど私たちも一休みしようと思っていたところなんです」

けれどわたしは辞退する。

「いいえ。また今度お邪魔します。どうぞお仕事続けて下さい」

そう言って手を振り、チェンバロを離れてゆく。


十二月に入ってすぐ、二組の来客があった。一人は例の弁護士だった。

わたしは前回用意しておくように言われた書類を提出し、あちこちにサインをし、印鑑を押した。

「近いうちに、離婚届をお送りします。よろしいでしょうか」

そう弁護士は言った。わたしはうなずいた。

もう一組の客は、不動産会社の社員と、三十代前半らしい夫婦だった。彼らは別荘の見学に来たと言った。

新しい分譲地は値が張って私たちにはちょっと手が届かないんですけど、ここならどうにかなりそうなんです。ずいぶん古い建物だって聞いてましたけど、思ったよりずっときれい。どこも全然傷んでませんね。ほら、こういう階段の手すりとか、カーテンレールとか、ちょっとしたところにお金がかけてある。やっぱり古い別荘の方が、贅沢に造ってあるんですよね。県道から車が入れないのが難点だけど、だからこそこんなに静かなわけだし、少々の不便は我慢しなくちゃ。お二階も見せてもらっていいんでしょ？

おもに妻が一人で喋った。夫は無表情に床のきしみ具合を調べたり、壁を叩いたりしていた。不動産会社の社員は、思いがけずわたしがいたことに戸惑っている様子だった。鞄の奥からごそごそと契約書を引っ張り出し、受け渡し期限まであといくらもないが、ちゃんと約束どおり引き払ってもらえるんでしょうね、と心配げにわたしの耳元でささやいた。母が別荘を売りに出したことを、その時はじめて知った。

同じ日、〝グラスホッパー〟の奥さんとプールで泳いだ。わたしたち以外誰もいなかった。

「さあ、それではまいりましょうか」

奥さんはうれしくてうきうきしていた。ハイビスカスの水着がよく似合っていた。二十年前の品とは思えなかった。ピンク地に赤いハイビスカスが、お腹に一つ、胸に一つ、おしりに一つあしらってあった。肩紐のリボンがアクセントになっていた。キャップもおそろいのピンクだった。いつも頭の後ろで丸めている髪の毛が、すっぽりおさまっていた。

わたしはお嫁に行った奥さんの娘さんの水着を借りた。黄色の水玉模様で、ウエストにフリルがついていた。

「いつもこんなに人が少ないんですか？」

「そんなこともありませんけどねえ。今日はラッキーでございますよ。二人だけでゆうゆうと泳げますもの」

奥さんは一度頭の先まで水につかり、ブルブルとしずくを払い、神妙に息を吸い込んでから泳ぎはじめた。

不思議な泳ぎ方だった。バランスの悪いクロールのようでもあり、優雅な犬かきのようでもあった。手足はしぶきを上げず、余計な音も立てず、空中と水面をゆっくりと行き来した。息継ぎの時だけ大きく身体が傾き、そのまま引っ繰り返るのではないかと心配になるぎりぎりのところで、また元に戻った。身体中の脂肪がうねり、それが波と一緒になってわたしのところまで届いてきた。フリルがゆらゆら揺れた。

ピンクのキャップとリボンが見え隠れしていた。仕草が大きなわりに、スピードはなかった。浮いたり沈んだり回転したりするばかりで、なかなか前へ進まなかった。「バッ」という息継ぎの声が、規則正しくこだました。ガラス張りの天井には、休みなく雪が吹きつけていた。

真ん中あたりまで来た時、キャップとリボンがすーっと水中に消えていった。うねりが静まり、息継ぎも聞こえなくなった。どうしたんだろう。本当に引っ繰り返ってしまったんだろうか。わたしは彼女が浮き上がってくるのを待った。なのに水面は平らなままだった。

「奥さん」

おそるおそる、わたしは呼び掛けてみた。濡れたガラスに響き合って、他人の声のように聞こえた。

「奥さん」

胸がドキドキし、指先がこわばってきた。いくらなんでも遅すぎた。こんなにも長い時間、息を止めていられるだろうか。何かあったに違いない。とても恐ろしいことが、起こったに違いない。

わたしは悲鳴を上げ、走って近づこうとした。気ばかりあせって足が思うとおり動かなかった。

最初に目に入ったのは奥さんの背中だった。すべすべした白い背中の肉に、水着の紐が食い込んでいた。空気の泡が一粒二粒、頼りなげに立ち昇っていた。

「どうしちゃったんですか。しっかりして下さい。お願いだから、ねえ」

わたしはどうにかして身体を持ち上げようとした。精一杯腕を広げても、彼女のすべてを支えるのは無理だった。

柔らかい感触だった。胸かお腹か分らないが、肉の塊が腕の中にあった。もう一度叫ぼうとした時、不意に塊がわたしから離れ、浮き上がってきた。

「まあ、どうなさいましたか、そんなにあわてて」

奥さんは手で顔をぬぐった。キャップからもまつげからも唇からも、水滴がしたたり落ちてきた。

「何かキラキラするものが見えたので、拾おうと思ったんです。誰かが落としたんでしようね。ほら、これ。かわいいピアス」

奥さんは掌で、星形の金のピアスを転がした。

「よかったわ。何でもなかったのね。本当によかった。わたし、事故が起こったと思ったの。心臓発作か、窒息か、脳内出血か、そういう、よくないこと……」

わたしは奥さんに抱きついた。

「申し訳ありません。びっくりさせてしまったようで。でも、大丈夫ですよ」

「ええ、無事ならいいの。勝手に勘違いしただけなの」

「なかなか手が届かなかったんですの。身体をどうやって沈めようか、もそもそしていたんです」

「死んじゃったんじゃないかと思った。ばかね。そんなはずないのに。でも、本当にそう感じたの。胸が苦しくて、身体が震えて、怖くて怖くてたまらなかった」

「そう簡単に死んだりはいたしません。どうぞ安心して下さい」

「おかしいわね。こんなにあわてるなんて。どうかしてるんだわ」

わたしは笑おうとした。けれど口元がゆがむだけで、うまく笑うことができなかった。かわりに涙が出てきた。それを隠そうとして、奥さんの胸に顔を埋めた。

奥さんの乳房はわたしの顔を包み込むのにちょうどいい形をしていた。弾力があり、たっぷりとボリュームがあり、温かかった。

泣くつもりなどないのに、次から次へと涙があふれてきた。無理に笑おうとすると、滑稽なうめき声が漏れた。

「さあ、さあ、もう大丈夫です。何の心配もありません」

奥さんは背中をなでてくれた。わたしは顔を埋めたままうなずいた。涙とプールの水が混ざりあって乳房を伝っていった。

不意に、自分が一人取り残されたことに気づいた。わたしにはどこにも帰るべき場所がなかった。新田氏のところにも、薫さんのところにも、夫との生活にも、別荘にも。もし目の前の乳房がなかったら、手がかりのない水の中でもがき、倒れ、渦に吸い込まれてゆくのはわたしの方だ。

泣くことだけが自分を支えていた。わたしはチェンバロを弾いていた新田氏の姿を思い出した。光に包まれうたた寝していた、彼と薫さんの姿を思い浮かべた。ボートの上で薫さんへの思いを告白した、声の響きを呼び戻した。本当は忘れたいはずの場面を、繰り返しよみがえらせ、そのたびに泣いた。泣きたいために、思い出す作業を続けた。

「いいんですよ。誰も見ちゃいません。お好きなだけこうしていていいんです」

奥さんは背中をなでる手を休めなかった。

「これを……」

わたしはクリアケースの中からケント紙を一枚取り出した。真ん中に〝Y・NITTA〟のアルファベットが書いてあった。

一体、彼の名前を何回書き付けたのか、数えることはできなかった。そのどれもが、行き場のないまま結局ストーブで燃やされた。そして一枚だけが残された。

癖のないシンプルな書体だった。心持ち傾斜をつけ、シャープな流れを作った。線の太さの変化だけで表情を出し、余計な飾りは取り去った。音色を聞き分けようとして目を伏せる、彼の雰囲気にふさわしいデザインだった。

「ああ、これはすばらしい」

新田氏は紙を受け取った。

その瞬間、自分の元に残されていた最後のきずなが離れてゆくような淋しさを覚えた。同時に、そんな未練を持っている自分を哀れにも思った。彼はただ、短い一行に見入っていた。

「自分のためだけにデザインされた名前を手にするなんて、いい気分だ」

「フレミッシュの様式に、うまくマッチすればいいんですけど」

わたしは言った。

「とてもよく調和しますよ。大理石の重厚さと、アラベスク模様の繊細さと、両方を兼ね備えた字だ」

彼は答えた。

「ありがとうございました。僕のチェンバロのために」

「いいえ。図々しいお願いをしたのは、わたしの方です」

「図々しくはない」

「あなたと薫さんの大事なチェンバロに、無理やり割り込んだわ」

「いや違う。僕たちの方が君を求めたんだ」

「何のために？」

「人を求めるのに、理由はないよ」

新田氏は眼鏡をはずし、胸ポケットに入れた。全快祝いにわたしがプレゼントした眼鏡だった。どの指をけがしたのか見分けがつかないくらい、左手は滑らかに動いた。

「そうね。そのとおりだわ」

わたしは膝の上でマフラーを折り畳んだ。窓の外は休みなく雪が舞っていたが、作業小屋の中は暖かかった。ブーツや手袋やフードについた雪はたちまち溶けていった。

「わたしも理由なく、ここへたどり着いて、とどまったわ」

「君には必要だったんじゃないだろうか。この場所が。どうしても」

「わたしは逃げて来たの。夫に痛めつけられた、頬とまぶたと唇と鎖骨を抱えて。逃げる以外、何の目的もなかったわ」

「林と、チェンバロが君をかくまったんだ」

「そう、それから、あなたと薫さんとドナも……」

接着の終わった響板が、壁に立て掛けてあった。その隣に、クランプのたくさん挟まったケースが置かれていた。

隅の作業台にはついさっきまで薫さんが働いていたらしい様子が残っていた。コーヒー豆の缶の中にジャックの束。蜂蜜の瓶の中に鳥の羽根。台の真ん中には作りかけのジャックが一本横たわり、そのそばにカッターナイフとブラシと小さな削り屑。椅子の背に掛けられたショールには、まだ体温さえ残っていそうだった。

ドナはストーブの前に腹ばいになって眠っていた。風邪をひいているらしく、時折自分のくしゃみに驚いて目をさまし、どろんとした顔であたりを見回してからまた眠りに落ちていった。床によだれの染みができていた。

「あなたは確かにわたしのそばにいたわ。わたしはあなたを求めたの」

ドナに視線を向けたまま言った。前脚の上にはみ出した舌が、光るほどに赤かった。ドナがこんなにきれいな舌を持っているなんて、はじめて気づいた。

「やめて。謝らないで」

何か言おうとした新田氏をわたしはさえぎった。

「お願いだから、慰めを言わないで下さい」

彼が謝罪の言葉を口にしようとしたわけではないのは、よく分っていた。そんなもの不必要だと、二人とも知っていた。なのにわたしは、こんな見え透いたせりふで、二人が過ごした夜の記憶へ入り込もうとする彼の言葉を拒んだ。

「僕は君を、本当にかくまうことができただろうか」

慎重に、一語一語胸の奥から掬《すく》い出すように、新田氏はつぶやいた。

「ええ。このうえもなく、十分に」

白樺の小枝が白く凍りつき、震えていた。氷の張った沼の上で雪が渦を巻き、空へ吸い上げられていった。なのに風の音は中まで届かず、ただストーブの燃える音だけが聞こえた。

ドナはくしゃみをし、続けて咳もし、よだれをひとすじ垂らしながらこちらに顔を向けた。「お名前を思い出したいのですが、うまくいきません。どうしたことなんでしょう」とでもいうかのように、申し訳なさそうにまばたきをした。そしてまた眠った。

「この六文字のアルファベットは、僕のチェンバロの響きを聞き続けるよ。消えることなく、ずっとね」

そう言って新田氏は作業台の引き出しを開け、皺にならないようそっとケント紙をしまった。


「送っていきましょう」

彼は言った。

「いいえ、いいんです」

わたしは答えた。

「風が出てきて、見通しがよくない」

「まだ昼間だし、道に迷うほどの距離じゃないわ」

わたしはコートをはおり、マフラーを巻いた。

「遠慮などしないで。作業は一区切りついたところだから」

「ありがとうございます。でも、大丈夫。一人で少し歩きたい気分なんです。どうぞ、お仕事続けて」

これ以上長居はできないのだと思った。出ていかなくちゃならない時間が来たのだ。チェンバロに守られて、わたしはもう十分に休息を取った。

「薫さんから聞いたけど、クリスマスは東京で過ごすんですか?」

「ええ。あさって実家に帰ります」

「薫さんが残念がってた」

「彼女は長崎へ帰省しないのかしら」

「ええ。正月もずっとここにいます。クリスマスにはケーキを焼いて、小さなプレゼントを交換して、教会のミサへ行きます。彼女がお祈りの仕方を教えてくれるんです。それ以外は何もしない。一日中僕は酒を飲み、彼女はチェンバロを弾く。去年はそんなふうに過ごした。今年もたぶん、同じでしょう」

「楽しい休暇になるよう、祈っています」

わたしはフードをかぶり、手袋をはめた。マフラーがほどけたのでもう一度巻き直した。雲間から弱々しい光が差し、沼の氷を照らしたかと思うとすぐに、灰色の風があたりをおおった。沼のほとりには、傷一つないまっさらの雪が積もっていた。

　彼らはどんなプレゼントをし合うのだろう。薫さんは何の曲を弾くのだろう。それは本当に、すてきなひとときとなるに違いない。雪深い林の奥までは、誰も訪ねてこない。郵便配達人も、セールスマンも、観光客も。ただドナだけが二人の近くに寝そべるのを許されている。

　台所には食べ残したケーキとお皿がそのままにしてある。クリームのついた泡立て器とボウルと計量スプーンが流しに置いてある。床に小麦粉がこぼれている。

　雪は降り続く。チェンバロを葬った地面を隠し、バーベキューコンロを包み、窓をふさぐ。このまま放っておいたら二度と抜け出せなくなるのではと不安になるくらい、どんどんきつく二人を閉じ込めてゆく。一年中で一番長いクリスマスの夜は、なかなか更けていかない。

　リビングのテーブルではろうそくが燃えている。何の飾りもない、白いろうそくだ。薫さんはチェンバロを弾く。楽譜は閉じたままだ。時々間違えて弾き直す。けれど音が途切れることはない。

　新田氏だけがそれを聴いている。世界中で彼一人だ。ドナの耳はもう、老い衰えているから。

　わたしが生まれるずっと前から、彼らはこういうクリスマスを過ごしていたのではないかと思う。そしてこれからも、わたしが死んだあともずっと、同じ風景が続いてゆくような気がする。

わたしに残された時間はわずかだというのに、二人は時間など流れない世界の淵に潜んでいる。

「またすぐ戻ってくるんでしょ?」

新田氏が尋ねた。

「ええ、まあ……」

あいまいにわたしは答えた。

「でも、年があけてしばらくは、あちらにとどまるつもりです」

「そうですか」

「新しい仕事の準備があるので。イギリスから取り寄せた資料を整理したり、新しい題材を探したり、人と会ったり、はんこを押したりサインしたり、まあ、いろいろ」

わたしは手袋をはめたまま指を折った。

「それは大変だ」

「ここに引っ込んでいる間に、本人を置き去りにして、事態はどんどん進んでしまったようなんです」

わたしはうつむいて、コートのボタンを留めた。

今度ここへ来るのは、別荘を人手に渡す時だろう。なのにわたしはそれを口に出さなかった。またすぐ別荘へ戻ってきて、これまでと変らず彼らとボートに乗ったり、ご飯を食べたり、欅の洞窟まで散歩したりできるかのようにふるまった。

いつかはこの、世界の淵から出て行かなければならないだろうと知っていた。わたしだって永遠にかくまってもらえるなどと、思ってはいなかった。特別なあいさつはいらない。二人をわずらわせず、静かにそっと離れてゆけばいい。

二人はわたしを待つかもしれない。けれど決して長い不在をいぶかったり、寂しがったり、追い掛けてこようとしたりはしないだろう。ここに時間の波は届かないのだから、二人はただじっと潜み続けるだけだ。

「さあ、ドナ。早く風邪を治すのよ」

わたしは背中からドナを抱き上げた。彼は驚いてピクリとおしりを震わせたが、じゃれついてくる元気はなかった。水色とヨーグルト色の眼球を半回転させ、「申し訳ありませんねえ、お相手できなくて」という表情をした。

「いいのよ。今はゆっくり休みなさい。たっぷり眠って、また薫さんに叱られるくらい元気に駆け回ればいいわ」

ドナは一声クウと鳴いて、目を閉じた。わたしはほおずりしてから、彼をストーブの前に戻した。

「本当に送っていかなくて大丈夫？」

わたしはうなずいた。

「ネームボードが出来上がる頃には戻って来るよね。一番に見せたいんだ」

「光栄だわ」

「すばらしいチェンバロになりそうな予感がする」

「ええ、きっとそうなるでしょう」

わたしは扉を開けた。足元から雪が舞い込んできた。作業台に広げていた図面がガサガサ鳴った。

「くれぐれも、気をつけて」

「薫さんによろしく」

「分った」

「じゃあ、さようなら」

「さようなら」

新田氏は手を振った。わたしも手を振った。そして雪の中を歩いていった。

15

東京での二ヵ月あまりが過ぎた。その間、時間の感覚はなかった。ただ救いようのない喪失感だけに支配されていた。夫が荷物を運び出したあとの家で、じっとうずくまっていた。身体を少しでも動かすと、苦しみも一緒に揺り動かされ、痛みが増した。わたしはどんな世界ともつながっていなかった。一人きりだった。彼らと出会う前よりもっと圧倒的に一人だった。

もしこんなわたしを慰めてくれるものがあるとすれば、新田氏のいるあの林だけだった。チェンバロとドナさえ寄り添ってくれていたら、と願った。けれどすぐに、愚かな自分を笑った。わたしが置き去りにされた原因は、彼らにあったはずなのだ。

わたしも彼らも、通りすがりにチェンバロのそばで立ち止まった。新田氏は演奏できなくなった指を抱えて、薫さんは血まみれの〝海の生物〟を抱えて、それらを癒すために必要な場所を見つけた。ただ二人の方がわたしより、長くとどまるというだけのことだ。

うずくまるわたしの傍で、現実は少しずつ変化しようとしていた。

まず、正式に離婚届を出した。弁護士から用紙が送られてきた時、夫が記入すべき欄は正確に埋められていた。几帳面な字だった。紙にはどんな小さなインクの染みも汚れもなく、折り目は真っすぐだった。夫の真似をして同じようにわたしも書いた。あっけないくらい簡単だった。

姉がマンションを見つけてきた。新しい家を探すなどという気力はどこにもなかったから、すべて姉にまかせた。どんな家でも構わなかった。わたしがこれまで暮らした中で、一番小さな家になるのは間違いなかった。自宅から運び出した家財道具の多くは入りきらず、実家の納屋に押し込めておくことになった。

元霊媒師が急死した。脳の血管が切れてトイレで倒れ、そのまま息を引き取ったらしい。九十五を過ぎていたのだから仕方ないともいえるのだけれど、それがちょうど自叙伝の完成と誕生祝いを兼ねたパーティーの前日だったために、悲劇的なニュースとなった。パーティー会場はすぐさま葬儀場に模様替えされ、招待状を受け取っていた人々は、ドレスとタキシードの代わりに喪服を用意しなければならなかった。

わたしが書き写した自叙伝は、祭壇の真ん中に飾られた。その最後の文章を、わたしは覚えている。

『よくもまあこれだけややこしく回りくどい人生を送ってきたものだと、我ながら感心いたします。思い出して文章にするだけでも骨の折れる事柄を、いちいち全部体験してしまったのですから。あとやり残したといえば、天国へ旅立つくらいのことでしょうか。それよりほか、思いつきません』

たぶん、こうだったと思う。

そして別荘は人手に渡った。買ったのは石油会社を定年退職した初老の夫婦だった。わたしが顔を合わせた、お喋りな妻と気難しい夫のカップルは、二階のベランダが狭いのと、台所の設備が時代遅れなのが気に入らなかったらしい。

「庭のアンズだけは、どんなことがあっても切らないよう、新しい持ち主の方に伝えて下さい。くれぐれもお願いいたします」

不動産会社の人に、何度も母はそう念を押していた。

しかしこうした出来事はわたしにとって何の意味も持たなかった。薄っぺらな時間の流れに過ぎなかった。

別荘の後始末のため、わたしが最後に林を訪れたのは、三月に入ってからのことだった。初老の夫婦から譲ってほしいと頼まれたのは、ソファーセットと本箱とベッドだった。どれも古くて色あせていたが、それでも構わないと言った。デザインが私たちの趣味に合っているし、大がかりな引っ越しは疲れるから、ということだった。

そのほかのものは、〝グラスホッパー〟で役に立つもの以外、業者に頼んで処分してもらうことになった。いずれにしても雪が消えるまでは動かせなかった。夫婦が実際にここを使いはじめるのは、四月の改装工事がすんでからなので、何も問題はなかった。彼らがこの家をどんなふうに改装するのか、わたしがそれを目にすることはないだろうと思った。壁紙を張り替えれば、ステレオの上に飾ってあった静物画の跡は消える。とうもろこしの隣に寝かされた山鳩の死骸を思い出して、悲しむこともない。そしてたぶん、テラスは作り直されるだろう。となると、猫は悲鳴を上げなくなる。最後にそれを聞いておきたいような気もしたが、雪がまだ板を隠していて、踏むことができない。

林の雪はたっぷり残っていたが、それでも反射する光の加減や空の色には春の匂いがあった。珍しくよく晴れて、連なる山の輪郭が鮮やかに浮き上がっていた。テラスの手すりも門柱も納屋の屋根も、雪が作り出す曲線に覆われていた。軒のつららから透かして眺めると、雪が青味がかって見えるくらい、すべてが透き通っていた。

その透き通った世界の向こうから、薫さんが駆けてくるのが見えた。オレンジの毛糸の帽子を目深にかぶり、首には二重にマフラーを巻きつけている。モコモコしたダウンジャケットの上からでも、ほっそりした身体の表情が分る。埋まった足を持ち上げるたび、帽子のてっぺんについた玉飾りが躍る。

窓辺にいるわたしを見つけ、彼女は手を振る。頬が赤く染まっている。肩が上下するのと一緒に、白い息が吐き出される。笑いかけているのに、冷たすぎる空気のせいで、まつげが泣いているように見える。

最初にチェンバロの家へ導いてくれたのは彼女だった。こんなふうにわたしを迎えに来てくれるのも、いつも彼女だった。

「ああ、間に合ってよかった」

薫さんは深呼吸する。

「よく分ったわね」

「だって、小道にずっと足跡が残っていましたから。瑠璃子さんのだってすぐに分りました。瑠璃子さんのブーツの形、覚えていたんです」

得意げに彼女は話す。

「チェンバロが完成したんですよ。すばらしくきれいな音を出すチェンバロ。ネームボードも立派に仕上がりました。瑠璃子さんに見てもらえなかったらどうしようって、ひやひやしました。明日、引き渡しの約束なんです。明日、演奏者の元へもらわれていっちゃうんです」

結局わたしは薫さんを恨み通すことができなかった。

「今から完成のお祝いをするんです。来ていただけるでしょ？　ぜひいらして。新田さんも待っています。ちょうどはじめようとしていたところだったんです。その時偶然足跡を発見して……。きっと神様が瑠璃子さんを呼び戻したのね。このますぐ一緒に行きましょうよ。今私が歩いてきた道を、逆戻りすれば簡単です。さあ、コートを持ってきて下さい」

本当にチェンバロは完成していた。それはリビングの真ん中に置いてあった。雪で照りかえされた光を、全身に浴びていた。

外側の大理石模様はシックで重々しく、ひんやりした感触を漂わせていた。しかし内側をのぞくとすぐさま、響板に広がる華やかな色彩が目に飛び込んでくる。そこにはチューリップや鈴蘭が咲き、つがいの小鳥がさえずり、蝶が翅を広げている。磨きこまれた表面はビロードのように柔らかく、木でできているのを忘れそうだ。

ベントサイドと呼ばれるカーブした側板、そこがチェンバロの形の中でわたしが一番好きな箇所だった。なでてみたくて仕方ない気持にさせる、不思議な輪郭を持っている。わたしは慎重に指をはわせてみた。不用意にさわると、せっかくの晴れがましい完成パーティーに、傷をつけてしまいそうだったからだ。

蓋の内側は木目紙、鍵盤のまわりはタツノオトシゴの模様で飾られていた。新田氏と薫さん以外の誰の指にも触れられていない鍵盤は、一列に静かに並んでいた。

そして最後に、ネームボードを見た。鍵盤の奥に、わたしのデザインした〝Y・NITTA〟の文字が刻まれていた。音が響きはじめるのを、心安らかに待っていた。

わたしはもう一度チェンバロのまわりを歩いた。新田氏と薫さんは黙ったまま、部屋の隅に立っていた。どの角度から眺めてもその形に狂いはなかった。スタンドとボディー、弦の直線とバラ窓の曲線、白鍵と黒鍵、金色に光るアラベスクと三本の脚元に落ちる影、あらゆる部分の組合せが、一番美しいバランスを保っていた。それは新田氏と薫さんの間に流れる世界そのものだった。

一周して鍵盤の側に戻ってきてから、わたしは後ろを振り返った。彼らは肩が触れ合うほど近くに寄り添っていた。新田氏がうなずいた。わたしは真ん中あたりの白鍵に一つだけ触れた。弦の震える感触が指先から伝わってきた。その一音がまるでわたしの発した言葉のように、二人の元へ届いていった。薫さんがこちらに微笑みを返した。

「パーティーをはじめましょうか」

新田氏が言った。

「ええ、そうしましょう」

薫さんが言った。

「忘れ物はないかしら。グラスと、お皿と、ナプキンと、フォークと……あっ、そうだ。ドナを連れてこなくちゃ。大事な観客を忘れてた」

ドナは段ボールの寝床でタオルにくるまっていた。彼はもうほとんどそこから出ることができなくなっていた。去年からの風邪が治りきらず、食事が喉を通らなくなり、急に体力が衰えてしまったらしい。薫さんはテーブルの脇の、一番日当たりのいい場所に段ボールを置いた。

わたしが挨拶すると、ドナは目玉だけを動かし、小さな息をもらした。何か言葉にできない哀しい出来事があって、たまらずに泣いているような目だった。

衰えぶりは痛々しいほどだった。目の濁りはひどくなり、背中は骨が浮き出し、口元はますます締まりが悪くなっていた。

「近所の獣医さんが毎日栄養注射を打ちにきて下さるの。でもそれも、ただの気休めにしかならないんですって」

呼吸するたび上下する胸に手を当て、薫さんが言った。

「もう歳だから、仕方ないんです。でも今日は比較的調子がよさそうだ。陽が差してあったかいし、久しぶりに瑠璃子さんにも会えたからな」

新田氏はタオルを広げ、ドナを包み直した。ドナはタオルに鼻をこすりつけ、匂いを確かめてからまたまぶたを閉じた。

新田氏は南の窓を開け、雪の中に埋めてあった二本の白ワインのうち一本を取り出し、栓を抜いた。わたしたちはそれで乾杯した。ワインの瓶についた雪のかけらはすぐに水滴に変った。

薫さんはチエンバロの前に腰掛け、鍵盤に指をのせた。わたしと新田氏はドナを間にして椅子に腰掛けた。新しいチエンバロと薫さんの姿はとてもよく似合っていた。黒く重みのあるスタンドの下で、彼女の足はよりしなやかに見えたし、牛の骨を貼った白鍵と十本の指は、濁りのない白さが溶け合うようだった。それに着ているセーターと、箱の内べりを縁取った紙が、そっくり同じ深緑色をしていた。

最初はバッハの『アリア ト長調』だった。次は『シンフォニア 第5番 変ホ長調』。その次は『イタリア協奏曲』。

わたしははじめてチェンバロの演奏を聴いた日のことを思い出した。今は雪でふさがれている天井のステンドグラスから、色のついた光が差し込み、薫さんの足元を照らしていた。わたしはまだ彼らのことを何も知らず、曲の題名も知らず、自分がこれから恋をすることも知らなかった。

いつでもチェンバロの音は、手の届かない遠いところから聞こえてくる。さして大きくもない目の前の箱が鳴っているとは、とても信じられない。本当の音の源泉は宙の果てにあって、薫さんはただ鍵盤に隠された暗号を解きほぐしているだけではないかという気がする。

新田氏は一曲ごとに題名を紙に書いてゆく。いとおしそうに、その題名が薫さんそのものであるかのように、万年筆で一字一字書き付けてゆく。

三曲終わったところでわたしたちは拍手をした。薫さんは立ち上がり、お辞儀をした。それからもう一度三人で乾杯し、ブルーチーズとキャビアをクラッカーにのせて食べた。テーブルの上にはさまざまな食べ物が用意してあった。どれも高級でおいしそうなものばかりであった。

「三曲終わるごとに、二種類ずつ食べていきましょう」

薫さんが言った。

「一度でもつっかえたら、君はおあずけだ」

新田氏が言った。

「まあ、ひどい。でも大丈夫ですよ。間違えそうな気がしないくらい、いいチェンバロだから」

バッハの三曲のあとは、クープランに移った。『葦』、『優しい恋わずらい』、『小さな風車』。ご馳走は生ハムとメロン。次はデュフリで『メヌエット ハ短調』、『デュ・ビュック』、『アルマンド』。ローストビーフと海老のカクテル。その次がパーセル『二つのメヌエット イ短調』、『ロンド ニ短調』、『グラウンド ハ短調』。もう一杯ワインとチョコレート……。

薫さんは次々と弾いた。それに合わせて新田氏は、一度も迷ったり消したりすることなく題名を書いていった。チェンバロはただわたしの前にじっとたたずんでいるだけなのに、いくらでも美しいメロディーを発することができた。

葦は風にそよぎ、風車は軽やかに回り、メヌエットは細やかな装飾に彩られ、ロンドは切ない余韻を残した。ある曲は雪にしみ込んでいった。別の曲はわたしたちの間を波打ちさ迷った。またある曲は哀しみの言葉をつぶやいた。

音色はわたしの胸の一番奥深いところまで届いた。光も言葉も届かない小さな暗闇を、ゆっくりと満たしていった。それはどこにも流れ出してゆかなかった。いつまでもじっととどまっていた。

ドナは毛布にくるまったきり段ボールから出てこなかった。時折毛布の端をなめたり、しっぽの向きをずらしたりするだけだった。眠っているのかと思うと不意に、喉に詰まった痰を吐き出そうとして、甲高い鳴き声を上げたりもした。

けれど決して、演奏の邪魔はしなかった。衰弱した身体ながらも、チェンバロに礼をつくそうとさえした。薫さんが新しい曲を弾きはじめるたび、耳を震わせた。それが「ちゃんと聴いていますよ」という合図のように見えた。身体中で一番耳に生気があった。ピンと三角に立っていたし、内側は薄桃色に染まっていた。

もしドナが元気だったら、わたしに飛びついて歓迎してくれただろう。いつもと違う雰囲気と、ご馳走の匂いをかぎつけ、誰のそばにいるのが一番得かと焦ってあちこち走り回り、薫さんに叱られるだろう。でも小さい頃から躾けられたとおり、チェンバロには近寄らない。なめたりかじったりしない。

そして演奏がはじまると、わたしの膝にあごをのせ、甘えた視線で食べ物をねだり、はみ出た舌でズボンを濡らすのだ。

三曲の合間ごとに、薫さんがスポイトに取った牛乳をドナの口に落とした。途中でわたしに代わってもらった。新田氏も手伝った。三人ともドナの役に立ちたかった。舌の上に数滴たらすと、「ああ、これはどうも、恐れ入ります」という目でこちらを見上げ、どうにかして舌を口にいれようとするのだが、唇に力が入らずうまくいかない。そうこうしているうち、よだれと一緒に毛布に落ちてしまう。

わたしたちはため息をつく。ドナは恐縮するように、もっと身体を小さく丸める。薫さんはドナの好きな曲を弾く。まだ若かった頃、これが流れるとどんなに走り回っていてもピタリと立ち止まり、聴き入っていたという曲。『つむじ風』と、『のみ』と、『鳥のさえずり』。

相変らず太陽は明るく、林の隅々を照らしていた。薫さんとわたしの足跡が、まだ消えずに残っていた。光を含んだ雪はなおさら白く、柔らかかった。その白色が風景のすべてだった。カーブした小道の先は見通しがきかず、裏の崖もすっぽり雪に覆われていた。町も〝グラスホッパー〟も別荘さえも、はるかな場所に遠のいていった。

新田氏は目をつぶっていた。役目を終えた手は、片方はチョコレートの箱と万年筆の間に、もう片方は膝の上に置かれていた。すべての神経がチェンバロに向けられていた。次々と暗号を解いてゆき、彼の求める音をよみがえらせる、薫さんに向けられていた。

手書きのプログラムは、余白が残り少なくなっていた。

「最後の曲は瑠璃子さんがリクエストして下さい。ご希望の曲を何でも弾きます」

薫さんが言った。

「『やさしい訴え』を……」

ドナの背中をなでながら、わたしは答えた。

自分が何度この曲を聴いたのか数えてみようとしたが、うまくいかなかった。もっとたくさん弾いてもらえばよかったという気もしたし、実はここへやって来るずっと前から知っていたのだという気もした。

いずれにしても、これが彼ら二人に望む、最後のリクエストになるだろうと思った。彼らからわたしに与えられる、最後の響きになるだろうと。

薫さんが鍵盤に指をのせた。

16

あの日以来、〝Y・NITTA〟の文字を刻んだチェンバロを、東京の音楽ホールでわたしはもう一度だけ聴いた。

ホールは運動公園の裏手にあり、真新しく、こぢんまりとしていた。わたしが席に着いた時、すでに舞台の真ん中にチェンバロが置かれていた。下手のガラスの花瓶には、赤と黄色のガーベラが生けてあった。

オレンジがかった照明が、舞台が浮き上がって見えるほどにきつく当たっていた。椅子の背も、響板も、弦も、花瓶もキラキラ光っていた。

これが本当にあのチェンバロだろうかと、最初は信じられなかった。別の種類の楽器に思えた。あの時部屋を満たしていたのは、雪に照り返された淡い光だった。テーブルの上には花の代わりに、薫さんの好きなご馳走がいくつも並んでいた。

しかし間違いなく、新田氏の作ったチェンバロだった。全体の輪郭から細部の模様まで、記憶と重なった。幸運なことにわたしの席からは、ちょうどネームボードが見えた。

わたしがその〝Y・NITTA〟の字体を、忘れるはずがなかった。

やがて客席が暗くなり、演奏者があらわれた。薫さん以外の人間がチェンバロを弾いているのが、不可思議な風景のように感じられた。林の思い出の中でチェンバロを弾いてくれるのは、いつも薫さん一人だった。わたしはいつしかそれを、神さまが彼らだけのために授けた、特別な楽器だと錯覚していたのかもしれない。

新田氏のチェンバロはやはり、遠い世界から音を響かせた。そのことはわたしを安心させた。わたしは目をつぶり、肘掛に腕をのせ、身体を深く椅子に沈めた。そうするとまぶし過ぎる照明や、見知らぬ観客たちの気配や、派手なガーベラの色彩が薄れてゆき、ただ弦の響きだけが残された。

わたしが出て行ったあと、彼らは何台チェンバロを作っただろう。板を選び、カンナで削り、溝を彫る。まげ木をし、ニカワを溶かし、つなぎ合わせる。作業場で新田氏は鍵盤とブリッジを作り、薫さんはバラ窓とジャックを作る。沼のほとりには蝶が集まり、欅の洞穴は暗闇をたたえ、湖ではボートが揺れる。何もかもが同じだ。チェンバロが完成すれば、新田氏が調弦し、薫さんが試し弾きする。いや、わたしはもういないのだから、新田氏が弾いても構わない。そしてドナがはしゃいで走り回る。薫さんは彼の喜ぶ三曲を弾いてやる。

不意に拍手が起こった。長い拍手だった。人々は立ち上がり、わたしのまわりから去ろうとしていた。

舞台にはチェンバロだけが残されていた。演奏者は最後まで『やさしい訴え』を弾かなかった。

解説

楽器としての女性

青柳いづみこ

ジャン＝フィリップ・ラモーは十八世紀フランスの宮廷作曲家である。バレエ・オペラ『優雅なインド』など規模の大きな作品が多い。彼のチェンバロ曲『やさしい訴え』は、ドラマティックな作風のラモーにしては珍しく、しっとりした小品だ。

私はチェンバロは弾けないから、ピアノで弾く。

ニ短調。ゆるやかな四分の三拍子。アラベスクのような装飾音がメロディをふちどる。くるりくるり装飾音を描いている間に、気持ちがどんどん深く降りていく。行間にこめたやさしさ。秘めたる訴え。

チェンバロはピアノの前身だが、機構がまるで違う。ピアノのようにハンマーで弦を叩くのではなく、鳥の羽根でひっかく。だから、音がつづかない。装飾音はメロディを少しでも長くつづかせるために工夫してつけられている。トリル、ターン、モルデント、アポジアチューラ。

音も小さい。フォルテ、ピアノもつかない。リストの曲のようなオクターヴの連続もない。そのかわり、レジスターの操作でいろいろな音色が出せる。タッチはとても軽やか。とても敏感。少しでも乱暴に扱うと、楽器に嫌われる。いきおい、表現はとても繊細に、内にこもったものになる。とにかく、「世界の中心で、愛をさけぶ」風にはならない。沈黙のうちのまなざし、ちょっとした気配、ふいにきざす欲情。そんなものを丁寧にすくいあげていく。

チェンバロを弾く人も、とても繊細で傷つきやすい。だって、発散しないんですもの。もしかして、製作する人もそうなんじゃないかな。この作品を読んで、そう思った。夫と別居した瑠璃子は、移り住んだ山の別荘近くで、新田というチェンバロを製作する男に会う。

新田氏は、元はピアニストだった。華やかなデビューをしたが、自分の他に人が一人でも聞いていると、もうピアノが弾けなくなったという。

私の研究する作曲家ドビュッシーもそうだった。二人以上聴衆がいると、とたんに指が動かなくなる。ミス・タッチする。だから、作曲家になった。

指が動かなくなるピアニストは、完璧病なのだ。完璧を期することがプレッシャーになる。

新田氏は、チェンバロ製作者になっても完璧主義だった。だから、音大に搬入したチェンバロに不具合が生ずると、それを叩き壊してしまう。このシーンを読んだとき、私は、まるで自分が叩き壊されたような衝撃を受けた。

チェンバロを叩き壊したあと、新田氏はスパイスラックを作った。スパイスラックといえど、ばかにはできない、と彼は瑠璃子に言う。ラックはラックとしての、正確さと美しさを要求してくる。どんなささいなものにも、その存在を支える絶対的な形がある。天から許された、存在の形。自分はそれを忠実になぞってゆくしかない。

新田氏はやはり演奏家なのだ、と思う。「音楽」という、目に見えない絶対的な形を「楽譜」というテキストを頼りになぞっていく作業。

「でも時々、その形が見えなくなる。輪郭がぼやけて、手がかりが消えて、不安に陥る。迷いを持たない形のはずなのに、どうやってもそれをなぞれない。どこかがはみ出していたり、かすれていたり、うまくなじんでくれなかったりするんです」

新田氏は見事にピアノを弾きこなし、チェンバロも見事に弾きこなすはずなのに、他人には聞かせない。ただ一人、彼に寄り添って助手をつとめる薫さんだけには、弾いてきかせる。

新田氏に惹かれる瑠璃子は、嫉妬する。嫉妬するけれど、二人の間にはどうしてもはいっていけない。

一度だけ、言ってみたことがある。「チェンバロを、弾いてくれませんか」「聴きたいんです。わたしのためだけに、あなたがチェンバロを弾いてくれるのを……」

新田氏はチェンバロを弾かないが、瑠璃子を抱く。それも、とても優しく。彼の手は彼女のあらゆるすき間、くぼみ、突起、曲線を這いまわる。

――そして、ドビュッシーは言うのだ。勿論、一人の女性は楽器ではありません。

瑠璃子は、チェンバロのかわりに新田氏に奏でられながら、薫さんのことばかり考えている。二人もまた、これと同じことをするのではないか、と。薫さんが演奏旅行から帰ってきた夜、瑠璃子は新田氏の工房の窓ごしに、薫さんのために『やさしい訴え』を弾く新田氏を見てしまう。

「わたしにはまるで二人が抱き合っているかのように見えた。わたしと新田氏が肉体を結びつけた場所とは遠く離れたところで、もっと深い至福に浸っていた。彼らには肉体の快楽など必要ないのだ。そのことを、残酷にもわたしは一瞬のうちに知らされてしまった。彼らだけの営みの場所に紛れ込んでしまった自分を、哀れに思った」

瑠璃子はもう、薫さんに嫉妬しているのかチェンバロに嫉妬しているのか、それとも音楽そのものに嫉妬しているのか、わからなくなった。

音楽は、メイクラヴと変わりませんね。それは、言葉を超えたところから始まるからです。二人を隔てる粘膜や皮膚がないぶん、もっと魂と魂が合体しますね。

でも瑠璃子は、新田氏が薫さんだけにはこっそりチェンバロを弾いてきかせる、本当の理由を知らない。想像もつかない。何故なら、彼女が音楽家ではないから。そこのところが、この作品の、一番のキモになっている。

理由は、新田氏にもうまく説明できない。「唯一彼女だけが、僕の演奏を許す」という言い方をする。その人がいるだけで、すっと心を開く気持ちになる。そうすると、気持ちが音になって指先をつたって流れていく。せき止められていたものが溢れて、この先いくらでも弾きつづけられるような気がする。『やさしい訴え』は、そんな気持ちの流れにメロディと装飾音と和声を与えたような曲だ。

「二人が胸に抱えている沼はとても深いのだ。底からわき上がってくる間に言葉たちはみな意味など失い、ただ美しい響きだけが残る」

瑠璃子は新田氏にとって楽器だった。でも、薫さんは音楽そのものだ。勝てるわけがない。

最後がステキ。新田氏はフレミッシュという型の、すばらしくきれいなチェンバロを完成させ、薫さんはお祝いのパーティに瑠璃子を誘う。テーブルには沢山ご馳走が並べられていて、薫さんが三曲弾き終わるごとに二種類ずつ食べていく。クープラン『葦』『優しい恋わずらい』『小さな風車』のときは生ハムとメロン。デュフリの『メヌエットハ短調』『デュ・ビュック』『アルマンド』のときはローストビーフと海老のカクテル。

カリグラフィーの専門家の瑠璃子は、新しいチェンバロの鍵盤の奥のネームボードに自分のデザインした「Y・NITTA」という文字を刻んだのだ。それが、彼女なりの新田氏との合奏だった。音楽への参加だった。

葦は風にそよぎ、風車は軽やかに回る。瑠璃子は、最後に『やさしい訴え』をリクエストした。

（ピアニスト・文筆家）

単行本　一九九六年十二月　文藝春秋刊

文春文庫

やさしい訴《うった》え

定価はカバーに表示してあります

2004年10月10日　第1刷
2022年4月5日　第10刷

著　者　小《お》川《がわ》洋《よう》子《こ》
発行者　花田朋子
発行所　株式会社　文藝春秋

東京都千代田区紀尾井町 3-23　〒102-8008
TEL　03・3265・1211(代)
文藝春秋ホームページ　http://www.bunshun.co.jp
落丁、乱丁本は、お手数ですが小社製作部宛お送り下さい。送料小社負担でお取替致します。

印刷・大日本印刷　製本・加藤製本

Printed in Japan
ISBN978-4-16-755702-7